在华外国专家口述中国

（壹）

科学技术部国外人才研究中心 编

北京联合出版公司
Beijing United Publishing Co.,Ltd.

图书在版编目（CIP）数据

在华外国专家口述中国：全五册 / 科学技术部国外人才研究中心编. -- 北京：北京联合出版公司, 2023.7

ISBN 978-7-5596-6926-1

Ⅰ. ①在… Ⅱ. ①国… Ⅲ. ①纪实文学－中国－当代 Ⅳ. ① I25

中国国家版本馆 CIP 数据核字 (2023) 第 088222 号

在华外国专家口述中国

作　　者：科学技术部国外人才研究中心
出 品 人：赵红仕
出版监制：刘　凯
策划编辑：徐庆群　吕　森
责任编辑：王　巍
设计排版：华彩瑞视

北京联合出版公司出版
（北京市西城区德外大街 83 号楼 9 层 100088）
北京旺都印务有限公司印刷　新华书店经销
字数 663 千字　880 毫米 ×1230 毫米　1/16　70 印张
2023 年 7 月第 1 版　2023 年 7 月第 1 次印刷
ISBN 978-7-5596-6926-1
定价：340.00 元（全 5 册）

编委会名单

序 言

科技部国外人才研究中心

党的二十大报告强调“教育、科技、人才是全面建设社会主义现代化国家的基础性、战略性支撑。必须坚持科技是第一生产力、人才是第一资源、创新是第一动力”。建设世界重要人才中心和创新高地，必须坚持“聚天下英才而用之”理念，加强国际人才交流，充分发挥在华外国专家作用。

党的十八大以来，以习近平同志为核心的党中央从党和国家事业发展全局的战略高度统筹谋划推进外国专家工作，体制机制更加完善，服务体系建设扎实推进，工作方式不断创新，各项工作取得显著成效，为外国专家在华工作、生活、学习提供了良好条件。

按照党中央关于外国专家宣传工作的总体要求和科技部（国家外国专家局）关于外国专家宣传工作的相关部署，近年来我们组织开展了一系列生动的、有影响力的外宣活动。例如，组织外国专家参加建党百年庆祝活动，参观中国共产党历史展览馆，进行国情调研考察，帮助外国专家全面了解中国共产党走过的百年艰辛历程和新中国建设成就；组织外国专家参与科普活动，讲授科学知识，培育青少年的科学精神；在中宣部对外推广局支持下建设的90余家“外国专家书屋”，成为宣介习近平新时代中国特色社会主义思想和中国文化的窗口；组织外国专家以视频、文章、书籍等形式，讲述中国科技创新、文化教育、扶贫开发、疫情防控、生态环境持续改善等领域的故事，宣传我国改革发展成就，展现真实、立体、全面的中国。这一系列活动增进了外国专家对中国的了解，拉近了外国专家与中国的距离，取得了积极的国际影响。

为学习宣传贯彻党的二十大精神，加快构建中国话语和中国故事叙事体系，加强国际传播能力建设，充分发挥外国专家讲中国故事的独特作用，国外人才研究中心整理了《国际人才交流》杂志近十年来刊登的100余篇文章形成《在华外国专家口述中国》丛书，内容涉及近百位外国专家，通过外国专家看中国、写中国，讲述他们在中国亲历和见证的我国经济社会发展、教育科技进步、医疗卫生改善、乡村振兴成就等故事，以及在中国工作、生活等的真切体验和感受。该丛书从在华外国专家的视角，讲述中国故事、传播中国声音，致力于帮助国外受众看到中国进行的伟大实践，让世界读懂中国，塑造可信、可爱、可敬的中国形象。

习近平总书记指出“中国改革开放事业取得的巨大成就，外国专家功不可没”。在党团结带领全国各族人民迈上全面建成社会主义现代化强国新征程、向第二个百年奋斗目标进军，以中国式现代化推进中华民族伟大复兴的进程中，需要我们牢牢抓住难得的历史机遇，不断创新宣传方式，继续发挥外国专家的积极作用，鼓励外国专家当好中外交流合作的民间大使，用多样形式、多种渠道、多个视角讲好中国故事、传播好中国声音，为中国发展和世界进步凝聚更多团结奋斗的力量。

序　言

目 录

奈斯比特：未来取决于你

文 / 吕敏

1982 年，一本《大趋势》的横空出世惊艳了美国，也惊艳了世界。人们纷纷惊呼："一位伟大的未来学家诞生了！"如今，大趋势预言的信息网络社会和全球经济一体化遂已成真，而此书的作者却不无谦虚地说："我不是未来学家，我是现在学家。"

他，就是约翰·奈斯比特（John Naisbitt）。

《中国大趋势》诞生记

"你都不知道你自己在中国名气多么大。"这是江泽民对奈斯比特说的第一句话。

自 1982 年出版以来，《大趋势》曾雄踞《纽约时报》畅销书排行榜 60 周，至今销量突破两千万册。该书与威廉·怀特的《组

2013年中国政府友谊奖获得者奈斯比特（vivi 摄影）

织的人》、阿尔文·托夫勒的《未来的冲击》并称“能够准确把握时代发展脉搏”的三大巨著。阿尔文·托夫勒更是毫不吝啬地称赞奈斯比特是“今日席卷美国变化浪潮的最精明的观察者之一”。埃森哲将奈斯比特评选为全球50位管理大师之一。

1996年，时任中国国家主席江泽民在北京中南海会见了奈斯比特。20世纪八九十年代的中国正处于思想解放和改革开放的浪潮中，《大趋势》所预言的未来为中国指出了一个方向，因此《大趋势》在中国被疯狂追捧。当时和江泽民的私人会谈是《中国大趋势》的缘起。自1967年后，奈斯比特就多次访问中国大陆与台湾，目睹了两边的巨变。“台湾是个小故事，但它讲得很好。大陆有个大故事可讲，可惜讲得很糟。”奈斯比特直言。江泽民沉思了一下说：“你为什么不来讲这个故事呢？”这个邀约让奈斯比特心动不已，但由于种种原因，他没有欣然接受。真正促成《中国大趋势》一书，那已经是10年之后了。

王巍，可算是这桩“好事”的“媒人”。曾留学海外的王巍放弃了在美国非常好的工作机会，在20世纪90年代回到金融市场刚刚开放的中国。他是中国首批并购公司的创始人之一，他创办了中国第一家金融博物馆，还将中国金融博物馆的馆旗带到了珠峰顶上。现在的王巍和奈斯比特已经是老朋友了。

和王巍相遇，是在2006年录制一档谈话类节目的时候。当时王巍就坐在奈斯比特的旁边，一个小时的节目录制了4个小时，所以他们俩就聊了起来。两人都对中国的经济和未来有着自己热烈而又独特的看法。所谓英雄所见略同，这次聊天让他们惺惺相惜。几天后奈斯比特就收到了王巍的电子邮件，鼓励他写一本中国大趋势的书。此后在《中国大趋势》的写作过程中，王巍为奈斯比特提供了不少帮助。

这时候的奈斯比特有了夫人多丽丝的支持与陪伴，已经完全做好了准备。几个月后在天津市长的支持下，奈斯比特中国研究院在天津财经大学成立了。两年之后，《中国大趋势》正式出版。然而这中间的艰辛并不为读者所知。出版此书的中国工商联合出版社总编辑李怀科先生对此感慨万千，“那时候是一边交稿一边修改，直到最后一刻还在不停地修改。改一个字我们也要给奈斯比特先生过目，双方反复沟通。连续几个月，我经常凌晨两点之前没睡过觉。”

所以，当我们手中捧着这样一本不算很厚的“红皮书”，看奈斯比特抽丝剥茧般地论述中国“新社会的八大支柱”，不免要为让这部著作得以面世的所有人的努力而心怀感激。

“我只关注现在”

已至耄耋之年的奈斯比特，身材依旧高大，金发依旧浓密，声音依旧洪亮。饱满睿智的额头，还有，那标志性的大胡子，折射出这位智者思维的敏捷与思想的深邃。有时候他也会像个老小孩，调皮地和你开起玩笑，然后哈哈大笑。

奈斯比特是个爱冒险的人，循规蹈矩不是他的人生信条。他成长于美国犹他州的一个甜菜农场，生活在一个叫格伦伍德的摩门部落，生活被群山所包围，思想被摩门教规所禁锢。小时候的一次耳朵发炎让他对这种生活产生了怀疑。门徒的医治方法并没有减轻耳朵发炎的痛苦，一位叔叔违反教规用烟熏把他治好了。

对外面世界的渴望，对未知的好奇，终于在奈斯比特 17 岁的时候得到了满足。加入海军、走出犹他州是他人生的一个重大转折。奈斯比特在《大趋势》的导言中说道：“自我离开犹他州，这个世界就像书本一样，一页页展开在我面前，每一页都有崭新的知识供我学习。”

凭借着聪慧的天资、加倍的努力和对知识的极度渴望，犹他大学、康奈尔大学和哈佛大学相继为高中辍学的奈斯比特打开了知识的大门，华盛顿则为他打开了通往政界的大门。而喜欢不断学习和挑战的个性又促使奈斯比特选择离开白宫，进入了IBM和柯达公司。

而一份报纸，让奈斯比特踏上了一条通往《大趋势》的道路。当然，那时候他并不知道未来等着他的是什么。随手在芝加哥郊外的一个报亭买的一份《西雅图时报》，浏览了一下大标题，转而又看了报亭里出售的其他报纸的大标题，像被雷电击中一样，奈斯比特想：报纸可以预测未来！再一次，冒险精神占了上风。奈斯比特离开IBM，创办了自己的公司：城市研究公司。

报纸报道的是现在，而奈斯比特可能是唯一一个通过现在看到未来的人。也许这就是他为什么坚称自己不是未来学家，而是“现在学家”。

“我只关注现在。”这就是他的研究方法。

天作之合的亲密伴侣

奈斯比特能保持心灵和思想的年轻，能在《大趋势》出版30多年后仍然著作不断，离不开他另一位亲密伴侣的支持与陪伴。

多丽丝的故事，似乎远比奈斯比特的要精彩。感性与理性并存，让早已是祖母的多丽丝比普通的女人更智慧、更优雅。多丽丝笔耕不辍，坚持在《中国青年报》上写专栏，与中国的青年交流人生感悟，为他们提供谆谆忠告。她将专栏文章结集出版的图书《勇敢追梦》，正是多丽丝人生的最好写照。

奈斯比特夫人多丽丝女士（vivi 摄影）

生于奥地利的多丽丝童年并不幸福。4 岁父母离异，母亲把父亲赶出家门。上寄宿学校后，她每晚因为想家而独自哭泣，而这也让她学会了如何面对自己，如何自立。由于缺乏母亲的引导，多丽丝的青春似乎结束得更早。17 岁的她匆忙步入婚姻，有了自己的孩子。不希望自己的孩子重蹈自己的覆辙，多丽丝选择了母亲的身份，为孩子放弃了 17 年的自由。当孩子终于长大成人，她也终于要去追求自己的梦想了。

摆脱了家庭的束缚，多丽丝开始大胆追梦。她投身到了自己热爱的出版行业。也许是命运的安排，她和奈斯比特的缘分从这里开始了。作为《大趋势》的唯一德语出版商，多丽丝和奈斯比特相见恨晚。2000年，两人终于克服困难，共结连理。从此，俩人形影不离，一起做研究，一起写书，一起旅游，一起做演讲，一起面对未来，给彼此关怀与支持。

也许别人会认为他们有相同的信仰、共同的世界观，而事实恰恰相反。在宗教信仰方面，也许是因为童年的经历，奈斯比特不相信有上帝，而多丽丝则不能相信没有上帝！但他们从来不因为这个而争吵。上帝是否存在，我们没有办法证明，重要的是，奈斯比特认为，我们不需要坚持自己的观点一定是正确的。因为“一定正确”这种想法只会关上学习之门。

有意思的是，不论是在中国还是在其他地方，人们只愿意让男人做演讲，而很少让一对夫妻一起演讲。可是每当奈斯比特接到演讲邀请后，他都坚持和多丽丝一起参与，否则只好拜拜。他坚持他们既是夫妻，也是合作伙伴，演讲当然也得一起做。站在舞台上曾经是多丽丝儿时的梦想，现在站在演讲台，多丽丝感受到了更多的力量与激情。（王晓静、尹璐、邹桧、李琦、阮帆、马思、张媛媛也参与了采访与录音整理）

方芳：走进苗乡的“法国妈妈”

整理 / 刘东平

2014 年 3 月 27 日，在纪念中法建交 50 周年的讲话中，习近平主席特别提到了“倾力支持中国失学儿童上学的法国公益人士方芳”，并引用法国谚语“一点又一点，小鸟筑成巢”，赞誉了方芳和多位法国友好人士为中法友谊辛勤耕耘和做出的卓越贡献。

方芳是谁？她是一位法国人，有个好听的中文名字；她金发碧眼，常穿一身苗装在苗山走乡进寨；她有一个女儿，却有 5000 多个山区苗娃叫她“法国妈妈”；她长眠在中国广西的苗乡，那是她倾力助学和生活 10 年的地方。

倾力帮助苗山失学女童

方芳本名 Francoise Grenot - Wang，法国巴黎人，她从小对神秘的东方大国中国抱有浓厚兴趣，读巴黎第七大学时开始学习中文，直至研究生毕业，获中文硕士学位。毕业后，方芳来到巴黎一家国际旅行社做导游，1989 年开始带旅游团来中国。那时，她每年会有半年的时间在中国度过。随着对中国的熟悉了解，方芳对中国的情感愈发深厚，并嫁了一位中国丈夫，方芳就是她美丽的中文名。

1996 年，方芳随“无国界医生组织”来到广西融水苗族自治县的大年乡、拱洞乡设立医疗点。这是她第一次走进广西边远山区的苗乡。青山绿水，蓝天白云，鸟语花香，走寨吹笙，赶坡踩堂……大苗山的山水人情，像一块磁石深深吸引着她，“我终于找到了童年梦境中的神秘家园”。方芳按捺不住内心的惊喜，回到桂林后便辞掉了导游工作，带上行李再次来到大年乡，担任了“无国界医生组织”法国部医疗点的汉语翻译，在偏远苗乡工作了好几个月。

方芳生前和孩子们在一起

有一次，方芳在木业村通往大年乡政府的路上，迎面碰见一个挑粪下地的女孩。女孩脚下一滑，重重摔在地上，粪撒了一地。方芳看到这女孩不过十二三岁，正是上学的年纪，却承担着这么繁重的劳动，忙上前问："你怎么不去读书？"女孩低下头，小声说道："早就不读了。""为什么不读？""家里没钱。"女孩的声音更小了……

贫困失学女童的境遇，深深刺痛了方芳的心，她想到大山里还会有不少女童失学，于是翻山越岭，跋山涉水去调查。她亲自走访了大年乡的林姑、高僚、牙腊等 10 多个山村小学和教学点，收集了 132 个失学或濒临失学女童的信息并建立档案。访问中，一位苗寨女教师告诉方芳，在大苗山深处，贫穷和"狗不耕田、女不读书"的传统陋习至今仍影响着人们，不少女童因此失学，她们被束缚在家中的小木楼里，绣花、织布，或牧羊、放鸭，直到为人妻人母。为改变这种落后状况，县政府加大了教育投入并动员社会捐助，使一批女童重返学校。但在大苗山深处的经济贫困落后乡寨，女童入学难、失学多仍是个突出难题。

在大年乡的翻译工作结束之后，方芳去往北京外文出版社法文部开始了一份新工作。然而在苗山大年乡的经历早已深深刻在了她心里，那些贫困失学女童的身影常萦绕在她脑海中，成了她心中最大的挂牵。两个月后，方芳给大年乡教育部门寄去了 1 万多元钱。秋季开学后不久，方芳重返大年乡时得知，她调查建档的 132 个失学女童已经全部重返课堂。这个好消息让方芳感到欣慰，更让她觉得肩负的责任重大，由此也开启了她倾力10年的助学长征。

“如果这里不贫穷，我来这里做什么”

2001年，方芳在大苗山的助学工作取得了不少进展，这时她做出了一个出人意料的决定：要在大年乡建一栋木楼，定居下来，设立“中国色彩协会大年办公室”，聘请当地4名青年专门做扶助贫困儿童上学的工作。

方芳说，她选择在深山苗乡长住，并非为“巴黎式的浪漫”，而是为了能倾注全力帮助当地失学儿童，因为她割舍不下那一双双渴望求知的眼神。

在苗乡长住生活后，方芳常常脚穿解放鞋、身着苗衣，行走在融水县、三江县及从江县，她走进一个个贫困家庭，为贫困女童们拍照留影。这些女童的照片通过互联网飞向了大洋彼岸，许多海外爱心人士纷纷捐款，帮助贫困女童们重返学校。方芳在走访中还学会了苗语侗话，这使她与山民和孩子们交流更方便。大年乡大年村扣寨屯的苗娃对方芳说：“您虽不是我的亲妈妈，但比我亲妈妈还要亲！”

事实上，慷慨的方芳并不富有。她专事贫困儿童助学工作后，唯一的经济来源只有法国一间房子的房租。为能给苗山孩子多一些资助，她节衣缩食、省吃俭用；为获得更多海外人士对苗山孩子的关注支持，她把走访搜集来的大苗山失学儿童的资料和照片全部放到网站上，热心征集各国爱心人士的捐助，她在法国注册的“中国色彩协会”几年间相继在法国巴黎、里昂、波尔多等 10 多个大城市设立了分支机构，发展成为法国专门资助中国贫困儿童的最大民间组织。

年复一年，方芳在中国广西大苗山为助学贫困儿童辛勤奔走，她的故事感动了海内外许许多多善良的人们，许多国际友人加入了方芳助学贫困儿童的工作，筹集到的助学善款越来越多，大苗山数千名少数民族贫困女童得到了帮助，一栋栋新的学校教学楼和学生宿舍拔地而起。

也曾有人不止一次地问过方芳：“大苗山如此贫穷，你为什么会选择到这里定居呢？”方芳淡然地反问：“如果这里不贫穷，我来这里做什么？”这就是一位纯粹的爱心人士和她纯粹的内心世界。

然而不幸的是，正当方芳的助学事业做得风生水起之时，2008 年 12 月 9 日晚，方芳居住的那栋木楼发生了火灾，她在火灾中不幸遇难，享年 59 岁。这位被苗山儿童称为“方芳妈妈”的法国爱心助学女士永远长眠于中国大苗山中。

这似乎也印证了她生前在书中透露的遗愿：“如果有一天我离去，我希望长眠于此。”

人们将永远铭记，10 年间，方芳和她联系的 2500 多位国际友人团队加入了苗山扶助贫困儿童的工作，5775 名当地贫困女童得到帮助重返校园，方芳还为当地学校援建了 68 栋教学楼和学生宿舍，资助款达 1564 万元。而今，方芳资助过的女童有的已大学毕业返回家乡，建设家园。

方芳继任者们的爱心接力

正当人们为方芳离去后，她的助学长征还能否继续下去而担忧时，29 岁的法国姑娘玛琳来到了大年乡，开始继续方芳未竟的事业。

玛琳 2009 年毕业于法国一所大学中文系，她被方芳的事迹深深感动，自告奋勇前来中国，接下了方芳苗乡助学的“接力棒”。玛琳来到融水大年乡后很快入乡随俗，融入了当地生活，她也喜欢穿解放鞋和苗服，爱吃当地的苗菜。除每年回法国过圣诞节，去北京、上海、香港等地筹集助学善款外，玛琳的大部分时间都在大苗山中奔走调查当地贫困家庭及儿童状况，并把来自海外的助学捐款和捐物及时送到贫困学生的手中。

随着中国对义务教育阶段的农村儿童上学实行“两免一补”（免教科书费、免杂费、补助寄宿生生活费），方芳创立的法国“中国色彩协会”也把海外募集来的助学捐款资金更多用于贫困儿童的课外读物和改善办学条件，扶助贫困学生。玛琳在大苗山一待就是3年，直到2012年11月，28岁的瑞士青年梁定远从法国来到大苗山接替玛琳，助学长征又开始了新接力。

梁定远和他的团队在大苗山除了完成调查走访贫困学生、安排助学金发放等工作外，还为乡村学校建起了一批球场和宿舍，援助了一批批课桌椅。梁定远非常喜欢大苗山，在那里交了很多朋友。但由于家庭原因，梁定远工作一段时间后离任。他依依不舍地说："即使离开，这里的一草一木，也将永远留在我的脑海！"

当然，梁定远又有了新的继任者，她就是34岁的来自法国的诺亚。诺亚希望用两个月时间熟悉工作流程，以便继任后更有成效地开展工作。大苗山的夜晚，正是法国的白天，诺亚和她的伙伴常常忙到深夜，抓紧时间用网络联系海外资助者。在大苗山短短数十天的生活，诺亚爱上了这个地方，"我期待在大苗山尽快进入角色！"诺亚说。

尽管方芳已经离去，但这份来自海外的爱心接力仍在大苗山传递着。据统计，自1998年以来，通过"中国色彩协会"的努力，共有以法国为主的45个国家和地区的4000多人，以及一些公司和基金会加入助学行列，募集到资金3000多万元，累计扶助了广西融水、三江和贵州从江3个县10多个乡镇190多个村屯的8600多名贫困生入学，并建起了80多座教学楼和宿舍。

法国谚语"一点又一点，小鸟筑成巢"，在中国的大苗山得到了最好的诠释。

我的两次创业

即使到了现在，我仍然庆幸自己保有一种少年时期的想象力和热情，保有一份“争胜好强不服输”的性格，保有一份少年的牺牲精神。

文 / 任书良

我有过两次成功创业的经历。一次是经商，一次是办学。从商界到教育界跨度很大，更别说我是中国基础教育行业第一个吃“洋螃蟹”的人——在中西教育优化结合理念下引进西方高中课程体系，困难之多、挑战之大可以想见。

1995 年我投资创办了大连枫叶国际学校。最初只有 14 名学生，但枫叶培养学生掌握中英双语、兼具东西方两种思维的创新模式，使第一届毕业生全部升入了世界名校。随后，枫叶的办学特色得到社会越来越多的认可，逐步实现了跨越发展。目前，枫叶在 8 个城市建有校区，在校生达12500多人，中外教师1700多人，其中外教370多人，是国内基础教育领域最大的国际学校。

作为枫叶教育的创始人和行政总裁，每次回忆起投身办学的奋斗历程，每每品味那些战胜困难之后才能有所成功的感受，觉得有很多话题值得与大家交流。

马相伯是中国近代倡导中外合作办学的第一人，任书良在大连枫叶校园内竖起了马相伯铜像

“少年当自强”

小时候，我最大的理想是做一名冲锋陷阵的军人，建立功业，成为一位将军，甚至成为指挥千军万马的元帅。我曾经崇拜过陈胜、吴广，崇拜过斯巴达克斯，崇拜过美国建国之父华盛顿、法国总统戴高乐，甚至幻想着有一天去驰骋疆场、英勇杀敌，哪怕为国捐躯

也在所不惜。现在回忆起来，英雄崇拜是少年天性，我的那些幻想，不过是少年的天真烂漫罢了。

但是后来我发现，在我的那些烂漫想象当中，蕴含着两样宝贵的东西：一是少年时我就有建功立业的志向；二是在我的想象当中，含有为了理想不惜牺牲的秉性。这两样宝贵的东西，在我后来的人生经历中能够找到它们。第一次创业时那种吃苦打拼的劲头儿，使我在商务经营中一路制胜。当决定放弃如日中天的事业，转而将全部家当投资于并无把握的创新教育时，我不怕有所牺牲，能够举重若轻，舍得一切。回想当年放弃的优裕生活，面对家人和亲友的反对，我那种破釜沉舟的勇毅，很有几分少年的无畏。

中学毕业后，我回到村里去务农。在那个对于未来都很迷茫的时代，我能够有所期待的路只有两条，一是当兵，去实现做元帅的梦想；二是等待机会上大学。因为吃苦肯干，务农两年后，18 岁的我当上了民兵连长，后来又改做电影放映队的队长。终于有一天，上大学的机会落在了我头上。当年的 8 月下旬，我收到北京外国语学院的录取通知书。

听说我要去上大学，乡领导乃至县领导都试图说服我放弃，他们认为在家乡会有更好的前途，但上大学是我梦寐以求的愿望，哪怕大学毕业后再回到家乡。后来我才知道，组织上已经选定我为后备干部，据说职务是乡武装部长，但我没有后悔过自己的选择。

我的大学

背着行囊只身进京，一进校门，听到的不是外语讲话的声音，就是学习外语的读书声。那种情景，使我激动，使我自卑。激动的是，我终于从农村来到了一所著名的学府，大有“登堂入室”的感慨；自卑的是，我连普通话都讲不好，能学好外语吗？分班之后，叫我更加自愧不如的是，班里 16 个人，很多都是北外附中、上外附中、南京外语附中还有西安外院附中毕业的学生，而我却来自农村，是班里仅有的 26 个英文字母都认不全的两人之一。

面对现实，只有勇敢地迎上去，决不能退却，更不能逃避。不

任书良为毕业生颁发证书

服输的性格支撑着我。大学第一二年，我特别勤奋——两年之中没有休息过一个星期天，北京离家乡衡水那么近，寒暑假我只回去过一次。每逢节假日，别的同学到公园游览看风景，去王府井大街逛商店，我只到我的学习天地中去——要么到学校不远处的农田边，大声朗读英语课文，背诵单词；要么去图书馆阅读英文书籍。时间长了，我克服困难的勇气，长期坚持的毅力，感动了很多人，包括教我们的外籍教师。

等到第 3 年，我的学习成绩已经提高到中上等水平。大四的时候，我听说读写各科成绩都达到了 4 分或 5 分。毕业之前，在英语系组织的一次英语演讲比赛中，我进入了决赛。赛场上，我讲演的题目是“Long March”（长征）。那次演讲，我 4 年来所下的功夫一下子爆发出来，赢得了人们多次热烈的掌声。

这时候，大家开始对我刮目相看了。也就是从那时起，我开始认识到自己骨子里的“不服输”。我想，命运有时候是无法选择的，但是，命运在很多时候是可以改变的。机会永远属于有所准备的人，荣誉永远属于奋斗不止的人！

理想的断档期

大学生活结束了，我面临新的选择。当时，很多同学想方设法要去外交部或某个大部委工作，我却坚持要求回家乡。由于刚刚开始改革开放，外语人才奇缺，学院告知英语专业毕业生至少要被派到省外事部门或经贸部门工作。正式结果公布，我被分配到河北省外贸部门。

在那里，我白天处理业务与外商谈判，晚上到外语协会组织的英语培训课堂去教书，一晃度过了忙碌的 3 年。这 3 年，我学到了很多国际贸易的知识，并逐渐成为业务骨干。同时，由于教授的学生越来越多，我感到自己很适合做老师。这时候的我，跟过去一样做什么都全力以赴，不甘落后，总愿意听到别人说“任书良很能干”。可就在努力工作的同时，我又一直找不到融入工作的感觉，若即若离之中，似乎我对业余教书更有兴趣——这种心态，来源于我不安于现状的想法。就在这时候，我又得到了一个去香港定居工作的机会。没有犹豫，带着仅有的 50 港币，我跨越了罗湖桥。

来到香港，我的第一份工作是在一家贸易公司做服装销售代表，月薪 900 港币。离开大陆之前，我的月薪是 54 元人民币。当时虽然听不懂粤语，生活和工作中多有不便，但我了解国际贸易规则，懂外语，喜欢动脑子，很快就向经理提出一份开发澳洲和欧美市场、做直接进出口贸易的建议方案，并被经理采纳，不到半年便打开了局面。

在香港打拼到第 3 年，我开始自己创业，这才第一次体会到做老板和打工者的不同感觉。公司业务、人事财务，事事都要亲历亲为，酸甜苦辣什么都要吃得下。创业后的第 2 个月，公司就遇到一个不大不小的危机。

那时公司每月周转费用 10 万港币，周转期内会有客户付货款到账，一般不会发生问题。但那一次不知对方什么原因，应付货款没有按期入账，我给员工开出支付工资的支票成了无法兑现的空头支票。过了两天，我从员工们的脸上才知道出了问题。在追问之下，会计告诉我公司账上没有余款，支票没能兑现。我立即从个人账户中取出存款，又从朋友处借得部分资金，这才给员工们发了工资，为表歉意每人再多发 100 元，并向他们表示公司的诚信绝不会丢。

后来，我的商贸业务发展得还算顺利。大陆改革开放，给香港人提供了大量做生意的机会。很多人印一张总经理的名片，夹着皮包就可以进来做生意，不少人发了“皮包公司”的财。我既有外贸工作背景，又有在国内受教育的背景，加上我有一些老客户，生意发展得更好些。到了公司成立 5 周年的时候，我的公司服装转口贸易已经达到 50 万打 / 年，生意额有几个亿，每天平均处理近 100 万港币的业务，在中国做同行业的外资企业中排名第 3 位。

公司发展起来之后，我开始涉足一些其他行业，比如金融。香港是一个透明度非常高、非常敏感的商业城市，全球任何地方一有风吹草动，这里都会受到影响和冲击。从另一个角度讲，这些又都是商业机会。在这里，我想讲一个自己受益的例子。

中东战争爆发后，香港各行各业都受到了冲击。股票下跌，房地产价格回落。我用100万美金贷款买了工商两用的一层楼，约3200平方米，在香港算是很大了。这个交易是直接从房地产公司中买断的，价格比市价又低10%。一年之后市场稳定下来，房屋价格上涨，这时我准备移居加拿大，决定出售楼盘。结果除还掉银行的贷款之外，获利约3000万港币。没花自己一分钱，用银行贷款做成了一笔赚钱的买卖，只有在香港，才会有这样的机会。直至今天，香港还是一个市场变幻莫测、商业机会最多的地方。

按理说，这一笔生意盈利这么大，我应该很兴奋。可事实上我感觉与平时没什么两样，只不过是一笔生意而已。盈利再多，也只是赚钱谋生，我所做的一切都是为了生存，都是为了商业目的而展开的机械性的拼搏，但是人生除了赚钱似乎还有其他值得追求的目标。我发现自己对做生意的兴趣越来越小了。

这一阶段，是我经商很成功的时期，但又是人生理想的断档期。很多人都认为我已经走向人生的辉煌阶段，但我的内心苦闷茫然，甚至有些麻木，好像一个走路失去了方向的人。我觉得我的理想不在这里，但又不知道前面的路是什么。以至于公司成立5周年庆祝大会时，我一醉方休，整整昏睡5天，医生给出的结论是酒精中毒。

理想的回归

经过10年的拼搏，使我进入了香港中等偏上的阶层。这个阶层大多数家庭的子女，在初中甚至小学都到欧美国家去读书，香港的第2代企业家们，大多是从国外学成之后，回到香港接管家族生意的。此时我开始考虑3个孩子的读书问题，加上对做生意越来越不感兴趣，于是决定迁居加拿大。我非常喜欢温哥华的环境，包括四季如春的气候、返璞归真的风土人情。正式移居温哥华那一年，我38岁。

生活很快安顿下来，很舒适，又觉得很空虚。我暗自琢磨，就这样退休，是不是太早了点?

就在这时，发生了一件事。

从香港到温哥华，由公寓楼房变成了舒适的洋房，孩子们很兴奋，楼上楼下跑个不停。有一天，小女儿任平不小心摔倒，血流不止。当时我不在家，妻子抱起满脸是血的孩子往外

枫叶国际学校外教在上课

跑，此时门口的一辆车见状立即停下，把她们母女送进医院。这位好心人等办好一切手续，把我女儿送进手术室之后，才驾车离开。由于妻子不懂英语，加上心急慌乱，对那位好心的陌生人连一声“谢谢”都没来得及说。

我赶到医院，得知了这一切，沉默良久后做了个决定，要在中加两国之间做一件有价值、有意义的事情，来回报这个友好的国家和人民——而正是这个决定，改变了我后半生的生活和命运。

做什么事情才有意义呢？传统做善事大抵是修桥、建路、办学堂，对我真正具有吸引力的正是办学，创办一所世界上最好的学校一直是我的夙愿。为了孩子的入学问题，我也较为深入地了解了加拿大的基础教育，走访了不少高等学府，深感加拿大与我国的教育各有优势。当时我有了一个想法：如果能把加拿大的课程引入到中国，与中国的课程优势互补，国内很多家长不就可以让孩子不出国门就能接受国外的优质教育了吗？恰在那个时候，我从一份杂志上读到一篇文章。它预测今后10年将会出现的十大产业，其中全球教育的一体化名列前茅。这篇文章强化了我投身教育的决心！

我立即请了律师和教育专家进行论证，请他们提出一份可行性研究报告。他们给我的结论是“一个大胆的设想，前景值得期待”。我的办学想法，也得到了当时温哥华市长和卑诗省省长的支持。

但当时我并不知道，将一个西方的教育体系引进到中国去会遇到多么大的困难。我带着卑诗省长的支持函和可行性报告，开始在中加之间穿梭，向北京、天津的几所名校介绍我的办学设想，提出合作办学的方案，没想到却处处碰壁。而这厚厚的墙壁，一碰就是一年。

1994 年的初夏，事情出现了转机。大连市政府代表团去温哥华招商引资，同时与温哥华结为友好城市。在招商会上，我提出了要在中国办一所世界上最好学校的决心，也谈到了我遇到的困难。我的想法得到了代表团的肯定，代表团的领导说，大连是一个开放的城市，外商子女要读书，办一所国际学校可以改善投资环境，欢迎我去大连投资办学。很快，在大连市代表团和温哥华市长的见证之下，我和大连开发区签订了办学意向。从此，我正式开始了投资办学之路。

大连枫叶国际学校 1995 年创办以来，我每天为这个事业奔跑，带领中加员工克服了一个个困难，学校随之发展壮大。同时，枫叶国际学校融会中西的教育模式，“三个结合、两项认证、一个对接”，即中西教育思想的结合、中加教师队伍的结合、中西教育资源的结合，中英双语和中加两国高中学历的认证，实现了枫叶教育与国外大学的直接对接，赢得中加两国人民越来越多的支持。

在这种模式下，枫叶国际学校已有 14 届毕业生 5600 多人从 20 多个国家的 350 多所大学毕业或在读，每年有 1500 名毕业生从枫叶走向世界，而且这一数字很快就会达到每年 2000 人，这比加拿大卑诗省一个学区的数量还要多。枫叶每年招聘的外教数量，也超过了卑诗省的一个学区的规模，以致卑诗省教育部长和我开玩笑说，枫叶学校可以成为枫叶学区了，我说，不是学区，是枫叶教育园区。

这些年，看到一批批中国学子从枫叶走向了世界，看到一批批外国人子女来到了中国的枫叶国际学校读书，我真正体会到了什么是成就感。我也终于完成了要做一件促进中加友好事情的夙愿。(本文作者为枫叶国际学校创始人，“辽宁友谊奖”获得者)

考古是我一生钟爱的事业

——专访德国考古学家王睦教授

文 / 周明阳 邵浩

2009 年，随着德国考古研究院和中国文化遗产研究院“谅解备忘录”的签订，位于使馆区亮马河大厦的北京代表处应运而生。办公室的气氛自由，陈设雅致，一座落地书架上摆得满满的都是汉语、德语和英语书籍，甚至还有关于中国道教的著作。我们对王睦教授的采访便在轻松的氛围下开始。

王睦（Mayke Wagner）教授作为德国考古研究院北京代表处负责人，既是汉学家，也是考古学家。2012 年王睦被中国遗产文化研究院正式聘任为客座研究员，她也成为该院的首位外籍研究员。王睦每年在中国待四个月左右，其余时间在德国和其他国家从事研究和交流工作。2013 年的 2 月 23 日，她再次飞抵北京，开始在中国的工作。

结缘中国考古学

选择考古学作为自己一生的职业，这在有些人看来或许不可思议，尤其对女性而言。但王睦说自己从来没有犹豫，也没有后悔过自己的选择。“我从小就喜欢考古学，没有原因，就是喜欢。”她笑言，自己其实也觉得很奇妙。与生俱来的考古直觉加之对兴趣的不懈坚持，使她在以后的学习与研究生涯中无论遇到什么困难都没有想到过放弃。教授对中国的兴趣来自于宋朝的艺术。学生时代她接触了宋代山水画，其多样的画风、众多的题材、深远的意境深深吸引了年幼的她，中国这个遥远而神秘的国度令她心驰神往。

而说起如何最终与中国考古学结缘，她说这或许就是命运。学习中国考古学是她一直以来的心愿，但当时的德国没有一所大学开设独立的中国考古学专业，直到现在仍是如此。她不得不选择与之类似的东方考古研究。没有想到的是，刚一入学她的导师就建议她将研究重点放在中国考古学上。原来导师一直希望招收一名学生专门研究中国考古学，两人的意向竟不谋而合，彼此都很惊喜。“这是他的幸运，也是我的幸运”，王睦笑言。

王睦与导师签订了一份特殊协议：她名义上的专业是东方考古

研究，要跟其他学生一样上通识的基础课。此外她还会上中国考古学方面的专业课以便进行研究。更为特殊的是，按照协议她先到柏林洪堡大学学习两年中文，之后再回到马丁·路德大学进行考古学专业的学习。

欧亚考古研究所副所长王睦教授

完成德国的专业学习，王睦来到中国山东大学，就读中国考古学研究专业，获得硕士学位。在中德两国完成学业，她深刻感受到了两国教育制度的不同。“中德两国教育制度最基本的一个差异是：在德国，没有人告诉你怎么做，学生选课非常自由。至于职业规划，老师只是提供建议和可能性，一切都要学生自己决定，这需要强大的自信和明确的目标。而中国学生的学习都有清晰的规划，只需要沿着既定计划一直走即可。”

王睦多年在中国工作，开展各种学术交流活动，对两国的文化背景和思维方式上的差异深有感触。刚来中国时她难以理解中国人的表达方式，比如德语中表达意向的词汇都清晰明确，而汉语就带有很大的模糊性，“是行还是不行听不出来”。而现在的她已经是个中国通，汉语非常流利，无论是进行日常交流还是谈论专业知识都不成问题。

中国考古知识的传播

不可否认的是，普通民众对考古工作有着很深的误解。正如王睦所说：“人们常常认为考古就是挖掘坟墓，动动手就能发现宝藏，一举成名。那其实非常罕见。大部分的科学家一辈子都不会发掘出什么宝物。当然作为科学家，你发掘出的任何东西都会非常珍贵，这取决于你做了什么和将要做什么。”

王睦举了一个例子。“如果我发掘出一块木头，即便它没有任何特定的形状，但对我来说也有可能非常珍贵。因为如果这块木头上有年轮，那么通过研究年轮就可以推断出当时的气候条件。如果我能找到一块有 500 圈年轮的木头，那我就拥有了 500 年的自然史，这在目前大家都非常关心环境变迁问题的情况下就显得尤为重要。”

中国史前时期和历史时期的发展面貌不仅与其周边区域紧密相连，也与中西亚和中东欧之间的历史发展和技术传播有关。中国对于欧洲大陆意义非凡。欧洲普通民众对中国的文化和历史也有着极大兴趣，这使得充分说明、介绍中国的历史文化成为一项重要的任务。德国考古研究院北京代表处便承担了推进中国和国际间考古资料的交流与沟通的任务。正如王睦所言，“就连中国本国的民众都对中国考古情况知之甚少，更何况西方国家的人们。我们做了很多工作，就是向普通民众传播中国考古的知识和发展现状。”

中德两国在考古领域的合作由来已久。早在 1980 年德国考古研究院就与北京的中国社会科学院考古研究所签订了第一项合作协议。随着北京代表处建立，两国的交流又迈上一个新台阶，并组织出版了《中国和东亚考古》图书专集，以专著和论文集的形式介绍有关中东亚地区的知识、技术、贸易、环境变化、艺术、文化等方面的考古发现与研究。

针对大部分考古新发现、文物展览都是用中文发表、不便于全球共享的障碍，中德双方合建了 Bridging Eurasia（跨越欧亚）网站，从中国考古、文物保护、地方历史等方面的海量中文信息中选择重要主题译成英文和德文，以供科研工作者和业余爱好者阅读了解。这也是全球唯一一个以三种语言提供中国考古和文物保护最新资讯的网站。

学术交流也是教授的主要工作内容之一，王睦曾在山东大学、中国人民大学、四川大学、北京科技大学等多所高校进行讲座，反响热烈。问及对中国学生的评价，她说中国学生非常有潜力，“他们有好奇心和强烈的求知欲。我想许多中国学生将来都能成为非常优秀的考古学家”。

近年来各种高科技层出不穷，激光扫描、三维复原、增强现实等数字化技术在考古研究、文物古迹保护与修复、遗址管理、文化遗产等领域应用广泛。“中国的学生刻苦勤奋，他们对于如何将高科技运用于考古研究非常感兴趣。这是考古学中的新领域。”

“我喜欢和年轻人一起工作，我想让他们看到这些出土文物中的价值，对待出土文物应该更加小心谨慎，更好的保护这些人类共同的遗产。这也是我来中国的原因。”王睦笑着说。

中国的遗产保护

多年来，王睦亲眼见证了中国考古学的发展。她称赞中国的考古领域门类齐全，研究院和研究人员数量充足。而最重要的是，中国颁布的《中华人民共和国文物保护法》，使得许多珍稀文物和遗址得到有效保护。

“文物和遗址的保护至关重要。但是现在很多工作难以进行，尤其是遗址保护工作，因为新的城市坐落于旧城址之上。因此我认为对文物和遗址的保护应该有两种途径，一是实际保护，二是虚拟保护。如果难以做到实际保护，那么最起码要进行虚拟保护”。她进一步解释，在大规模建设开展之前，应当对施工地点进行考古勘察、发掘，利用计算机技术进行详细资料记录，利用信息技术对该地点进行虚拟保护。

而随着城市的快速发展，大型基本建设工程越来越多，对考古学家和文物修缮人员的需求持续增长。如今中国从中央到地方都在大力扩建考古研究机构、培训中心、文物保护机构和博物馆，各大高校也积极加强对考古学人才的培养，以适应形势发展的需要。中国的考古学事业正在蓬勃发展。

对王睦的采访是轻松愉快的，多年的学术交流经验使得她在讲解问题时深入浅出，本是专业艰深的考古学知识经她讲解变得通俗易懂，饶有趣味。这也是王睦和她所在的德国考古研究院北京代表处多年来努力推进的事业，相信未来还会有更多高质量的科学技术合作与多层次的交流。中德两国的科学家们正携手合作，将中国考古学知识推向全世界。

英国学者的支教一天

文 / 江晓

1996 年，戴伟（David G. Evans）辞去英国埃克塞特大学化学系教学委员会主席的职务，只身来到北京化工大学从事科研工作。如今的戴伟已经成了地地道道的“北化人”，同时也是英国皇家化学会北京分会的主席。他曾先后获得过中国政府友谊奖、中华人民共和国国际科学技术合作奖以及英国“大英帝国勋章”等重大奖项，还受到过前国务院总理温家宝的接见。

戴伟教授指导孩子们做实验

现在，戴伟又有了一项新任务——“快乐科学”

支教活动的志愿者。

孩子们展示自己的实验成果

4月13日，我带着满心好奇，跟随戴伟和北京化工大学的研究生志愿者到位于北京东南五环外的打工子弟小学——博文实验学校开展“快乐科学”支教活动。

清晨，旭日初升。

穿过北京化工大学安静的校园，我匆匆地赶到无机楼前，却发现这里早已是一派热闹的场景，志愿者们正在忙着搬运各种实验器材和药剂。

“这些是我们实验组全体老师和同学，花了整整一天才准备好的。”正在读博一的王桂荣向我解释了眼前众多实验材料的由来。

除了戴伟和北京化工大学四名学生志愿者以外，还有两位分别来自牛津大学和伦敦大学学院的英国老师加入了今天这支支教队伍。戴伟告诉我，“快乐科学”支教是由北京化工大学、英国皇家化学会（RSC）与英国慈善机构民工子弟基金会（MCF）联合主办的一项公益活动。学校的学生们对这项活动有着极高的热情，报名的人很多，他只能轮流带他们去。

“民工子弟学校的条件都很艰苦，我们这个活动的初衷之一，就是希望让这些小孩从小就可以感受到科学的魅力。”“这些都是给孩子们准备的奖品，有巧克力、有饼干……”30多千米的行程，却不够戴伟讲完他和孩子们之间的故事……当窗外的场景逐渐由高楼变成低矮的平房时，此行的目的地——博文实验学校到了。

教室里，戴上了护目镜的戴伟，酷似孩子们喜爱的肯德基爷爷。此时的戴伟不像是北京化工大学的特聘教授，反倒更像是一个孩子王，带领着孩子们在化学的王国里遨游。往日里又蹦又闹的孩子们，现在却老实无比，一个个瞪圆了好奇的大眼睛，如同“小尾巴”一样紧紧地贴在戴伟身后。

“老师！老师！是把C溶液倒进D溶液里，还是把D溶液倒进C溶液里呀？”小小的合成实验，在孩子们眼中却是那么的神奇。

“第一次活动时，学生们连试管都还不认识呢，”戴伟自豪地告诉我，“现在，他们已经很有进步了。”第一次参加活动的研究生田锐说：“和孩子们做实验是一个非常奇妙的过程，他们的思维灵动、奇妙，总是有你意料之外的想法。”

整个讲授过程中，孩子们亲自体会着PVA高分子和硼酸钠的混合溶液是如何形成可以拉伸的聚合物材料的，也感受着玉米淀粉加水后形成非牛顿流体的奇妙，非牛顿流体的最大特征就是，用力越大，流体就越接近非流体，即固体。通过自己动手，孩子们享受着科学实验带来的独特魅力。

实验结束后，我也见识到了小孩子的破坏力：整个教室里几乎没有一块干净的地方。“每次实验后，我们都要收拾好久。”语气虽然颇有些无奈，但戴伟的眼中却全是快乐。

据民工子弟基金会的创始人兼总监 Helen 介绍，基金会的志愿者主要是进行英语教学，但支教内容非常丰富，比如绘画、乐器，甚至修理电脑。

中国，我的另一种乡愁

文 / 吴星铎

一个人如果不是把自己的生命和中国连在一起，一个人如果不是把自己的一生献给了中国文化的学习和传播，一个人如果没有深深的眷恋和寄托，他是不会把中国认作自己的第二故乡的，更不可能体会到中国人悠悠千载的乡愁。

——摘自马悦然《另一种乡愁》之李锐序言

在中国，说起汉学家马悦然，可能知道的人并不多，然而若提起诺贝尔文学奖评委马悦然，却是赫赫有名。马悦然，瑞典人，1924 年生，著名汉学家，斯德哥尔摩大学东方语言学院中文系汉学教授和系主任，瑞典文学院院士、欧洲汉学协会会长，诺贝尔文学奖 18 位终身评委之一，也是诺贝尔奖评委中唯一深谙中国文化、精通汉语的汉学家。

马悦然毕生致力于汉学研究和翻译工作。他最先将《水浒传》《西游记》译为瑞典文，并向西方介绍了中国的《诗经》《论语》《史记》《礼记》《孟子》《庄子》《荀子》等经典著作，还翻译了辛弃疾的部分诗词，组织编写了《中国文学手册：1900—1949》。近年来又开始翻译瑞典文学作品，以此推动中瑞两国文化交流。

与莫言的三面之缘

2012 年诺贝尔文学奖授予中国作家莫言，莫言成为有史以来首位获得诺贝尔文学奖的中国籍作家。诺贝尔奖委员会解释莫言的获

诺贝尔文学奖评委、著名汉学家、瑞典文学院院士马悦然

奖原因时表示，莫言“用魔幻般的现实主义将民间故事、历史和现代融为一体”。对于莫言，马悦然给予了高度评价：“莫言非常会讲故事，而且敢于说真话。我读过很多当代小说作家的作品，但是没有一个比得上莫言。”

马悦然接受媒体采访时讲述过他与莫言的三面之缘。“我头一次跟莫言见面是在香港中文大学，第二次是在台北，第三次是2005年他参加北京斯特林堡戏剧节。我们没多少机会见面，但常常通信。”这三面之缘，莫言在瑞典诺贝尔文学奖发布会上表述为三支烟的关系，莫言说：“我知道在我获奖后，马悦然先生背负了很多，我跟马先生总共见过三次面，第一次是在香港中文大学，我们在一起抽了支烟，是我给他的；第二次是在台湾，他给我一支烟；第三次是在北京大学我又给他一支烟。他欠我一支烟，我跟他是三支烟的关系。”

作为诺贝尔奖18位终身评委中唯一深谙中国文化的一位，马悦然并不讳言对莫言的喜爱，“我喜欢莫言就是因为他非常会讲故事，你读莫言会想到中国古代《水浒传》《西游记》《聊斋》的作者，莫言讲故事的能力就是从这些古代说书人学来的，当然他也学过外国作家。”

在2012年10月接受凤凰卫视《名人面对面》栏目访问时，马悦然说：“我觉得中国人，尤其是这些年轻的中国作家，他们把诺贝尔文学奖看得太重了，这就是一个文学奖，不是一个什么世界冠军，18 个院士选的，每年选的作家，是一个我们认为很好的作家，但是世界上好的作家很多很多，我们只能选一个，我们选的是我们自己认为值得读的好的作者，我觉得我们选的还很不错。”

莫言得奖让大多数国人感到既惊喜又意外。马悦然对此曾对媒体说过一句著名的话：“我对你们的意外感到很意外。”

谈诺贝尔文学奖

早在 2008 年 11 月，马悦然在新加坡的报业中心礼堂就做了题为“诺贝尔文学奖与华文文学”的演讲，在这个演讲中，他为大家介绍了瑞典文学院与诺贝尔文学奖。

瑞典文学院建立于 1786 年。当时的国王古斯塔夫三世对法国的文化非常感兴趣。他尊敬的法国有一个学院，瑞典当然也应该有一个学院。法国学院包括 40 个院士。瑞典既然是一个小国，所以国王认为 18 个院士足够了。国王自己选了 13 个院士，让他们选其余的 5 位。

瑞典文学院的任务是保持和发展瑞典语的纯洁。按照学院的章程，学院也要编一部规模很大的词典和一部瑞典语的语法。18 个院士很快发现他们根本没有资格编一部词典，所以把这个任务交给专家。编词典的任务还没有完成，已经发表的部分包括 31 巨册。按照计划，这个任务 2017 年才能完成。

瑞典文学院的院士不能离职，应该终生参加学院的工作。现在院士的年龄比较高，最年轻的院士有 50 几岁，最老的 90 多岁。一个院士去世之后，院士们会自己选一位学者或者作家来代替他的位子。现在学院的院士一半是学者，一半是作家。

除了夏天以外，瑞典文学院每星期四开一次会。除了诺贝尔文学奖以外，学院每年颁发 100 多个大小不同的文学奖，主要是颁发给瑞典的作家。

瑞典的发明家诺贝尔去世于 1896 年。按照他的遗嘱，他巨大的遗产成为诺贝尔基金。据大家所知，物理学奖和化学奖由瑞典皇家科学院评定，生理学或医学奖由瑞典皇家卡罗林医学院评定，文学奖由瑞典文学院评定，和平奖由挪威诺贝尔委员会选出。1968 年又增设了经济学奖，奖金由瑞典中央银行提供，委托瑞典皇家科学院评定。

那么诺贝尔文学奖得主如何产生？马悦然在演讲中也做了介绍。有资格推荐文学奖候选人的人物和组织包括瑞典文学院的院士，与瑞典文学院相似的外国文学院的院士，各国作家协会的主席，各国大学文学系的教授们，和已经获得诺贝尔文学奖的作家。推荐书应该在 2 月 1 日之前寄给瑞典文学院。

学院每年收到几百封推荐书。有的推荐书推荐同一个作家。2月初的候选人的名单包括100多个作家。瑞典文学院的院士都会英文、德文和法文。有的院士会俄文、波兰文、捷克文，有的会西班牙文、意大利文和葡萄牙文。只有一个院士会中文，即马悦然自己。要是院士们不能够念一个作家的原文，只有靠译本，并且请专家帮忙评价。

到了每年的5月底，原来的候选人的名单缩短了。最后的名单最多包括5个或者6个作家。文学奖委员会的每一个委员5月底或者6月初得写一个报告，评价这五六个候选人的文学作品。9月，学院开始开会的时候，每一个星期四讨论到底应该选谁为诺贝尔文学奖的获得者。得到绝对多数票的作家当选。起码需要12个院士参加最后的投票。

眼中的中国作家

马悦然曾说，不要把诺贝尔文学奖看得太重要，它其实没有那么重要的，它并不是“世界的中心”。他说：“现在这个世界上有500个作家有资格获得诺贝尔文学奖，但是每年只能发一个。”

在新加坡“诺贝尔文学奖与华文文学”的演讲中，马悦然谈到了中国文学、中国作家与诺贝尔文学奖。事实上，他不太喜欢用“中国文学”，而是喜欢用“中文文学”或者“华文文学”来表述，在他看来，文学不应当有国界。在这个演讲里，他提到翻译工作的重要性。一个作家当然主要是为自己的同胞们服务，但是他也希望他的作品会超过语言的界限，因此翻译工作十分重要。

马悦然与妻子陈文芬

中国作家在莫言之前一直未获得诺贝尔文学奖，这与瑞典文学院缺乏对中国文学的全面认识有关系。中国当代文学只有一小部分被翻成外文。马悦然 1985 年入选瑞典文学院的重要原因之一是学院愿意扩大其对中国当代文学的理解。自从 1985 年开始，马悦然做过很多报告介绍当代中国文学作品，并做了大量翻译工作。

在马悦然看来，中国现代和当代文学早走上了世界文学的圣坛。要是从五四运动时期出发，可以肯定鲁迅先生的地位。他的纯文学作品虽然不多，只包括两部短篇小说集，《呐喊》和《彷徨》。可是他的杂文也具有很高的文学价值。为什么鲁迅没有得到诺贝尔文学奖呢？马悦然认为，第一，没有人推荐他。“我知道大陆出了一些谣言说瑞典文学院院士斯文·赫定20世纪30年代初在中国的时候问过鲁迅愿意不愿意接受诺贝尔文学奖。说的是鲁迅拒绝接受。我查了瑞典文学院的档案之后，敢肯定地说这只是谣言。瑞典文学院从来没有问过一个作家愿意不愿意接受奖。第二，鲁迅的文学作品是他去世后才被翻成外文的。”

除了鲁迅以外，1949年以前的中国有没有值得考虑的作家呢？马悦然认为当然有。沈从文、茅盾、老舍，在马悦然看来，完全比得上当时西方最优秀的作家。为什么这三个作家没有得奖呢？这个问题也非常容易回答。除了老舍的《骆驼祥子》以外，这三个作家的作品都没有被大量地翻成外文。把《骆驼祥子》翻成英文的翻译家完全歪曲了小说的最后一章。他把原文的非常悲观的、非常动人的一章翻成一个很乐观的好莱坞式的译文。沈从文的作品只有一小部分被翻成外文。沈从文主要的短篇小说最近几年被翻译成英文、法文、德文和瑞典文。要是这些作品较早被翻成外文的话，沈从文很可能会得奖。茅盾的《子夜》被翻成外文，可是一部小说不够作为评价的基础。另外，马悦然还谈到了钱锺书，他认为钱锺书的学问实在令人惊讶。可是纯文学作品不多，只有一部小说《围城》和一个短篇小说集《人·兽·鬼》。

在诗歌方面，马悦然自己比较欣赏的1949年以前的诗人是闻一多和艾青。他认为，要是当时有一个胜任的翻译家把闻一多和艾青的诗翻成外文，他们很可能会被列入诺贝尔文学奖候选人的名单上。

新中国成立后的作家，马悦然提到王蒙、张贤亮和陆文夫，他认为这三个人是最有代表性的。王蒙引用很多当代外国文学的技术和技巧，像意识流和一种非常复杂的叙述结构。陆文夫的作品常常让人想起柳宗元的文雅的文章。张贤亮的作品可以算是伤痕文学的余音。

从20世纪70年代末起，大陆出现了很多年轻的作家和诗人。马悦然对“今天派”的诗人比较熟。他所说的“今天派”的诗人包括北岛、顾城、芒克、舒婷、杨炼、江河、严力和多多等。当代的小说家中马悦然比较看好阿城、刘心武、莫言、余华、苏童、韩少功、李锐、曹乃谦和女作家王安忆与残雪。

中国缘

不久前，马悦然在接受《光明日报》采访时，讲述了他与中国的缘分。相同的故事在2005年10月他参加北京大学举办的斯特林堡戏剧节时所做的演讲中，就曾讲述过。

1944 年，遥远的北欧，那个姓马尔姆奎斯特的瑞典小伙子还在乌普萨拉大学修古典语文。“我很小的时候就想当一名中学教师。高中毕业后服兵役，然后到乌普萨拉大学学习拉丁文和希腊文，梦想有一天在瑞典一所高中里当一名教师，教教拉丁文或希腊文就行了。”

闲暇时，他读到一部英文版的《生活的艺术》，“林语堂的英文比一般英国学者还好！我发现他对道教兴趣很深，于是立即到图书馆借了《道德经》”，当时《道德经》的英、法、德文译本就有 100 种之多，而且各种译本出入很大，究竟哪个译本更接近原著？他感到很困惑。为了弄清楚这个问题，他去拜访瑞典最有名的汉学家、远东考古博物馆馆长高本汉。

高本汉的回答自信而特别：“那些译本都一样糟。只有我译的是好的。”于是借给马悦然那时还没出版的手稿。一周后，当马悦然来还他的译稿时，高本汉说，了解中国文学的最好办法是读中文原著，并问马悦然：“为什么不学中文呢？”高本汉的一席话使马悦然放弃了所学的专业，在父母完全不知晓的情况下于 1946 年 8 月从乌普萨拉大学转到斯德哥尔摩大学，跟高本汉学习古代汉语和先秦文学。当时的第一本书便是《左传》，“我一直认为《左传》是世界文学中最精彩的著作之一。可以说，同高本汉教授的这次见面改变了我的一生。”

1948 年被派到中国调查四川方言时，马悦然还说不了太多日常会话，当时他是一个从来没有出过国的 24 岁的青年。谈起这段经历，他充满了感情：“峨眉山的雄伟秀丽、教我欣赏唐诗的报国寺方丈对我的关怀、报国寺里的小和尚们对我的友好、乡下人民极为朴素的生活方式和众多中国友人对我的关怀给我留下了很深的印象，应该说从那时起就与中国产生了感情。”

到了中国之后，马悦然很快发现，中国传统文化具有一种很多西方社会缺乏的活力。他认为，要维持中国传统文化的活力，要靠中国文学。对于马悦然来说，中国文学甚至有减轻病痛之效，“我对先秦文学的《左传》、《庄子》非常感兴趣，而且在阅读和朗诵中受益匪浅。直到若干年之后，当我 80 年代初期患胆结石痛得坐立不安时，我默诵着《左传》和《庄子》里的章节，顿时觉得疼痛减轻了许多。”

马悦然说，他爱《国风》里的“辣妹子”，钦羡“8 世纪我的同胞们穿着熊皮在林中过着野蛮生活时，唐朝诗人在创作律诗和绝句”，他希望自己生在南宋，“如果生在山东，就和辛弃疾是邻居了，可以谈谈词，喝喝酒。”

马悦然对中国的热爱收获了中国的爱情。在成都研究四川方言期间，他结识了第一任妻子陈宁祖，1950 年两人结为伉俪。直至 1996 年陈宁祖去世，两人携手走过 46 年光阴。马悦然的第二任妻子为中国台湾媒体人陈文芬。据说，传统戏剧布袋戏是两人的“媒人”。

马悦然将中国视作他的第二故乡，对中国怀有深深的眷恋。《另一种乡愁》是马悦然以中文写成的自传性文集，这部作品的瑞典文版取名为《在另一个世界游荡》。这位身在瑞典的“南坡居士”，一直都怀着“另一种乡愁”，“在另一个世界游荡”。

入乡随俗的数学博士

——专访中国民航大学教授大卫·西蒙·勒孔特

在培养优秀的航空工程师上，一位优秀的预科数学老师有多重要？如果说优秀人才是一棵独

大卫·西蒙·勒孔特在数学课堂上讲课

当一面的大树，那作为基础学科的数学就是从幼苗开始就需要浇灌、吸收的养料。

文 / 蓝芳图 袁丽

今年35岁的法国人大卫·西蒙·勒孔特是2013年“海河友谊奖”获得者中最年轻的一位。5年前，在他刚刚一只脚迈进而立之年的时候，另一只脚也准确无误地踩在了中国的大地上——2008年8月，由法国教育部选派，这位斯坦福大学毕业的数学博士来天津担任中法两国政府合作的中国民航大学中欧航空工程师学院预科数学教学总负责人。

大卫·西蒙·勒孔特

“我觉得这个荣誉有些大，相比其他的获奖者，我只是一位平凡的老师。中国人对我们这些外国人真的很好，在法国，我们就从来不会给外国人颁奖。”大卫这样谈自己获得“海河友谊奖”的感受。

大卫说，他觉得天津这座有着1400万人口的城市，是世界上最大的一座不为人知的城市，但随着像空客这样的大型公司进驻，越来越多的外国人已经开始知道并了解这座城市了。大鹏因羽翼丰满而振翅飞翔，飞机因结构严谨而遨游天际。在培养优秀的航空工程师上，一位优秀的预科数学老师有多重要？如果说优秀人才是一棵独当一面的大树，那作为基础学科的数学就是从幼苗开始就需要浇灌、吸收的养料。

行业并无高低与贵贱之分，正是有像大卫这样的“平凡”教师，才有不断输入经济社会的新生力量。这些优秀人才就仿佛是一剂剂强心针，永葆着脉搏律动，每日清晨合奏着这座城市的梦想。

“我每天都在慢慢地学习中国文化。但很重要的一点是，我觉得自己不应该告诉他们我在法国是怎么做的，这样很不好。我要入乡随俗。”这位法国来的数学博士将自己当成这座城市的主人，正在把他对数学和学生的热忱挥洒于此……

“我以为数学在哪里都能教”

大卫的汉语说得很好，整个访谈我们全程使用汉语，只有非常偶尔的时候，他想不起某个词怎么说，才会拿起手边的手机，用字典查找出来，然后再用汉语读出来。

2008年大卫来华时，中国民航大学特意安排了一位老师去接机，那位老师回来后直跟同伴感叹，大卫知道好多东西，零零散散加起来才学了一个星期课时的汉语就到这种程度，着实把他惊着了。

问其为何愿意大老远跑到中国来，有没有预想过在中国会有各种不适应，大卫笑着说，当时就觉得是非常好的机会，可能这样的生活机会一辈子也只有一次，所以觉得自己必须抓住，“我当时觉得数学在哪里都能教，我很热爱数学，对数学充满热情。我能在法国讲、美国讲，也能在中国讲，地方不是问题。”

可惜还是“轻敌”了，语言障碍和沟通问题究竟有多困难，是他来华前所始料不及的。大卫没想到中文这么难学，也没想到在中国并不是很多人会说英语。“现在觉得自己来中国前的观点都是错的，当时却信心满满。来到之后就没办法了，发现没有人能帮我，所以我学会了如何照顾自己。最基本的问题是买东西，去超市的话，标签上的价格都用数字，所以没问题；可是去菜市场就有一些问题了，因为不知道菜叫什么名字、什么价钱，所以尽快学会了怎么数‘一、二、三……’。我的意思是如果提前准备了，后来的这些问题就不存在了，但我当时却不以为然。”

初来天津的半年时间，大卫连一句完整的中文句子都不会说。他开始很努力地上中文课，每个星期10个小时，用了一年的时间学会了中文的基本知识，能够在路上跟人进行基本沟通。在天津第五年，现在的大卫不仅可以运用声调熟练地说汉语，而且会写中文，可以用中文记录讲义；现在真的可以底气十足地说，汉语是大卫学会了的第六门语言。

“中国人教中文很难站在外国人的位置上考虑，很难了解我们的感觉。”大卫叹气道，“有一些汉字，我不会看，就需要用拼音读出来才了解意思。但这个时候就会遇到一些困扰，比如说‘我’，拼音是‘wo’，‘王’是‘wang’，但是如果用音标来发音的话，这两个开头的‘w’的发音在我们看来是不一样的。于是我就去问老师，每个‘w’在什么情况下怎么发音，可老师就是不明白我的意思。”

这股执着于每个细节的劲儿是否就是他成功学习中文的心得？此时大卫又拿出了他的手机，敲敲打打后给记者看，是“荒谬”。接着他说道：“荒谬，我没有过。因为我很注意，不能让别人觉得是外国人就可以闹误会。”

“我觉得数学特别棒、特别美”

大卫本科毕业于法国著名的 Cachan 高等师范学校。“我觉得数学特别棒、特别美”，大卫说自己当初读师范大学的时候，并没有想好自己要不要当数学老师，只是想着要学越多越好的数学，可是，在一般普通的大学只会学到具有专业性的数学知识，唯有师范大学能涵盖尽可能多的数学知识，满足他学习数学的欲望。

后来，带着对数学的热爱，大卫来到了大西洋彼岸的美国斯坦福大学完成了数学专业博士学位学习。毕业后，他从事了一年多的科研工作，后来发现自己还是喜欢学生，心里有一种帮助他们的渴望，于是回法国当起了数学老师。再后来，这个法国人就因为认为数学在哪里都能教，孤身一人来到除了陌生还是陌生的中国。

听着大卫如同说贯口般用汉语说着数学名词："空集""有限域""矩阵"，本以为大卫现在会用汉语讲课，毕竟他还会用中文写讲义，结果他却甚是认真地对记者说："讲课是用法语的。数学是非常精准的语言，有自己固定的语法和解释。用汉语我还不具备这个水平，所以我用法语，只有这样我才能准确无误地表达和传授知识。至于学生，他们的法语都很好，我们从大一开始就每个星期保证有20个课时的法语课程，预科数学和物理从大二开始上。当然，我会注意自己的讲课速度。"

即便全世界的自然科学都一样，然而因为文化差异、思维方式迥异，再加上语言的释义不同，学生这么多年都用中文学习数学，突然转换音轨了，难道一点都没问题吗？

大卫将此称为是"每天的大战"。上课的时候时不时翻看学生的笔记，就会发现笔记上的内容和他想表达的是有差异的。数学的准确性是他必须传递给学生的，“有很多时候，学生觉得可以用同义词、近义词代替原来的词组，觉得意思都差不多，但‘差不多’在数学中并不适用”。

“差不多”究竟在大卫眼中是多么大的弊病？同组的老师和记者说，大卫对学生很严格，学生哪怕仅迟到 1 分钟也不会通融让其进入教室听课。然而尽管如此，学生们却依旧很喜欢听他的课，很是崇拜他。

“我知道他们觉得我很严格，但是他们好像不讨厌我。因为大部分同学都知道我想帮助他们。”大卫说，他对数学有两种看法：首先，数学是一种工具，作为一门基础学科被广泛应用于所有领域。而另一种看法，数学是一门严谨的科学，能够通过学习数学达到一种思维上的修炼，让一个人变成更认真、更严谨且更优秀的人。“比如说学生在考试答题时，他必须要告诉我每一个地方要用什么定理。养成习惯后，如果他要跟别人说明一个东西，他就会自然而然地拿出依据、给出原因，而不是直接地下一个结论。”

每每将话题转到“数学”上，你就能感觉到“数学”在大卫心中是一棵枝叶茂盛的大树，你也似乎能感受到这棵树上的每个细胞都在运动着，有蒸腾作用，有光合作用，它们统一协调；而这棵树，每片叶子上的叶绿素正在捕捉着日光，吸引着希望。

“我的目标是通过这两年给学生所需要的东西，以后就不用再学很多数学了，他们能够自己用预科数学学航空工程专业知识。我们预科数学的特殊性是完全根据法国航空工程师课程设计的，与其他普通大学高等数学相比，我们是从第一个‘空集’概念开始讲，先将抽象的理论一个一个根据其之间的关系勾勒出一张数学理论的谱系图，是从抽象到具体的过程。”

每一门学科都是一套系统，这一点在中欧航空工程师学院的预科数学传授中得到了很好的印证。大卫说，在他去过的国家中，比如美国、中国，数学都是先从一个具体的例子开始讲，然后逐渐上升到抽象的。“然而问题是，从具体到抽象，如果你这样做了，只会消耗更多的时间，比如说在我们这里用两年学习的东西，他们在斯坦福大学可能就要用三到四年。其实内容都一样，但他们浪费了大量的时间做计算，因为他们不知道为什么要做计算，直到得到了后面那个抽象的理论。”

中欧航空工程师学院于2007年成立，到2014年将有自己的第一届毕业生。大卫说，到时候就能看到自己的教学成果了，而他还想在这里继续教下去，至少还想看看学生们毕业后工作会有怎样的结果。有始有终，这位法国数学达人就是这么周严地想着。（选自《求贤》2013年第10期“海外人才在天津”栏目）

科比尔卡与"贤内助"的清华故事

文 / 程曦 张晓

2012 年 4 月，美国国家科学院院士、斯坦福大学医学院分子和细胞生理学教授布赖恩·科比尔卡（Brian K. Kobilka）在清华的工作正式启动。他从清华大学副校长袁驷手中接过聘书，正式受聘为该校客座教授。他在清华的实验室、仪器全部到位，招收博士生的工作也开始了。

2012 年 10 月，科比尔卡因为在 G 蛋白偶联受体（GPCR）方面的卓越成就，与他的博士后导师罗伯特·莱夫科维茨共同获得 2012 年度诺贝尔化学奖！

科比尔卡的夫人、也是他最得力的事业伙伴田东山，在回复清华同事祝贺获奖的邮件时这样写道："我们的确都非常高兴。（诺贝尔奖）是一个很大的惊喜。现在，我们期待着不断推动清华实验室的成长。"

加盟清华是一个没有理由拒绝的好机会

当记者问他，为什么选择接受清华大学的邀请担任客座教授，并在这里建立他的实验室时，科比尔卡说道：“清华大学是一所一流的大学，能在这么好的学校和我所欣赏的院系里工作，是一个没有理由拒绝的好机会。我希望能够在自己的研究领域里有所拓展，在清华，我可以找到很多同行，他们都在做很棒的工作，尤其是在结构生物学领域里，这里有世界一流的研究环境。新建一个实验室并不容易，好在清华给了我非常好的支持，我的夫人也给了我很多

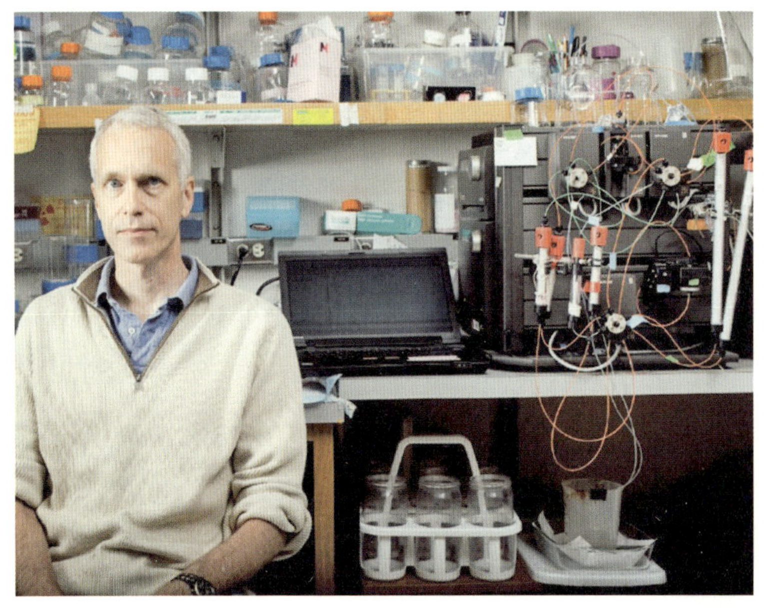

科比尔卡在清华的实验室

帮助，我在斯坦福大学的华裔博士后也在翻译等工作方面帮助我，大家都很支持我。”

施一公于2008年2月辞去普林斯顿大学终身教职，全职来到清华，受聘为清华大学教授，后出任清华生命科学院院长。2011年，清华大学结构生物学中心成立，施一公教授担任中心首任主任。中心成立同期，召开了一次高水平的国际学术会议——“蛋白质科学前沿学术讨论会”。科比尔卡在这次会上做了一场关于结构生物学的学术报告，这是科比尔卡第一次来清华。

第一次来到清华的科比尔卡没有想到，在短短几年时间内，清华的结构生物学团队已经在诸多前沿领域中取得了一系列高水平研究成果，成为世界领先的结构生物学研究和人才培养基地之一。更重要的是，清华这所综合性大学的多学科优势为结构生物学这个需要跨学科发展研究方法的领域提供了充分的给养。医学博士出身的科比尔卡，在结构生物学领域算是“半路出家”，他重视也擅长与不同学科、采用不同研究方法的学者合作并迸出火花。

仅仅一个月后，2011年5月19日，在施一公组织召开的“冷泉港亚洲”膜蛋白结构与功能专题会议上，科比尔卡作为大会主题报告人第一次公开展示了自己尚未发表的成果——解析出第一个激活状态下GPCR和下游G蛋白复合物相互作用瞬间的晶体结构。这个后来被誉为“诺贝尔奖皇冠之作”的成果，当时就让在场的一批膜蛋白相关领域顶尖科学家为之震惊、轰动。

施一公热情称赞这是一项“划时代的工作”。出于对科比尔卡工作的敬佩和共同的科研兴趣，施一公诚挚邀请科比尔卡加盟清华。与此同时，科比尔卡也已经有了到清华工作的初步意向。两人的想法不谋而合。

“可以说，科比尔卡获得诺奖的最重要的研究成果是在中国首次公布的。”对于促成这一选择的原因，同是清华人的颜宁给出了这样的解释：“科比尔卡富有创意、勤于思考，他会不断涌现出很多新的想法。在清华，会有更好的平台、更多不同背景的学者，帮助他实现新的想法。”

决定一旦作出，科比尔卡便迅速着手在清华成立自己的实验室，并计划招收选拔博士研究生。2011 年 12 月，科比尔卡清华实验室筹建的具体工作全面展开，他认真规划了实验室所需的仪器，并列出详细的购买清单。

2012 年 4 月 16 日，科比尔卡从副校长袁驷手中接过聘书，正式受聘为清华大学客座教授。当时，施一公给同事们发去邮件，在介绍完科比尔卡的工作后，他表示：“我个人认为，他今后 5 年之内很可能获得诺贝尔奖。”仅仅过了半年，施一公的“猜想”就变成现实。这当然不是运气或者巧合，而是基于同领域两位一流学者间的相知相惜。清华，又一次找“对”了人。

生物化学专家饶毅在接受采访时表示，目前30%到40%的主要用药都要靠G蛋白偶联受体发挥作用，其中包括几乎全部心血管疾病的用药。“随着这种理论基础的建立，未来的整个制药行业将获得益处。”

华裔“贤内助”

科比尔卡的夫人田东山，也是他最得力的事业伙伴。对科比尔卡来说，获得医学博士学位的田东山则是科研工作中的“贤内助”。他在斯坦福大学的实验室目前就由田东山帮忙管理。

田东山在马来西亚出生，父母祖籍中国广东。她和科比尔卡于20世纪70年代初在美国明尼苏达大学读书时相遇，两人随后于1978年结婚，一儿一女目前都已长大成人。田东山汉语很流利，与中国学生的沟通交流少不了她。

孙晓鸥和莫德是2012年4月经科比尔卡亲自选拔录取的实验室第一批成员。为了帮助她们尽快成长，科比尔卡想了很多办法。莫德的博士阶段是在位于法国第戎的勃艮第大学度过的。出于对科比尔卡研究工作的敬仰，她不远万里来到中国、来到清华。科比尔卡担心她初来乍到不容易适应在中国的生活，便让夫人田东山找到曾在法国留学的医学院副教授夏永静，请她帮助莫德了解中国文化，尽快适应在清华的学习和生活。“科比尔卡夫妇对待实验室成员非常细心，这令人非常感动！”夏永静感慨地说。

田东山甚至还是莫德的“情感顾问”——莫德经常会给她写信，告知在清华的见闻感受，或者聊一些自己在工作、生活中面临的困惑，田东山都会第一时间给予回复。

2012 年 7 月底，科比尔卡安排孙晓鸥和莫德前往他在斯坦福大学的实验室，花了整整一个月的时间，向她们介绍实验室研究的开展情况，并亲自向她们教授最前沿的实验技术甚至仪器的使用方法，以便她们尽快推动清华实验室的工作走上正轨。孙晓鸥则清楚地记得她和莫德去斯坦福的第一天，科比尔卡夫妇亲自带着水果探望她们。

一位“纯粹”的学者

谈起科比尔卡，清华师生使用频率最高的一个词就是“纯粹”——对事业执着投入，对人纯真谦和。每一个和他有过接触的清华师生都因此而仰慕他、亲近他。

2012 年 9 月，科比尔卡携田东山返回清华，面试博士生。让孙晓鸥印象深刻的是，经历了十几个小时的长途飞行，科比尔卡毫无倦色，利用从机场到清华途中堵车的时间，他争分夺秒打开手提电脑和 iPad 开始工作。傍晚 5 点半抵达清华，7 点钟科比尔卡就和莫德赶到了施一公实验室的组会现场，全程认真倾听师生们的讨论内容。第二天，科比尔卡很早就来到实验室“上班”，仿佛完全没有时差这回事。在莫德眼中，这位导师不仅“和蔼、有趣”，而且事必躬亲，“对每一个项目、每一个细节都会保持关注”。

博士研究生面试当天，科比尔卡是除面试组长外第二个到达现场的。整整四个小时，科比尔卡始终全神贯注，认真考核每一名学生。

作为这次博士生面试的组织者，夏永静见证了科比尔卡认真面试学生的全过程，她钦佩地说：“科比尔卡把自己当作一名清华的普通教授，凡事都亲自参与。”面试完学生，他把剩余时间基本全

清华团队合影。前排右六为科比尔卡夫人田东山

都用来在实验室做实验了。

为了请教蛋白质结晶方法方面的一些问题，施一公的博士生任若冰找到了科比尔卡。任若冰没想到，科比尔卡不仅是“动口”，而且主动提出“帮他”做实验，亲手向他演示了实验全程。为了这个实验，科比尔卡动用了自己实验室里尚未启用的新仪器。由于仪器的软件和斯坦福实验室里的不太一致，他一边翻阅说明书，一边通过网络电话联系斯坦福方面，更新升级软件，把实验仪器和方法研究了个透。回美国后，科比尔卡还专门给任若冰发来邮件，询问实验进展，他的严谨、勤奋和亲切让年轻的博士生深受触动。

2013 年，科比尔卡教授新招收了两位博士后，他们也同样去斯坦福大学学习了一段时间，目前正在清华的实验室继续研究工作。

马克·巴特兰姆：瞄准幸福的“靶心”

文 / 蓝芳

“这是一场意外惊喜。在此之前，我从没想过会在中国待这么久。”

2000 年初，26 岁的英国牛津大学博士马克·巴特兰姆（Mark Bartlam）第一次来到中国。作为访问学者，马克受生物学家、中科院院士饶子和的邀请来到清华大学进行为期数月的学术访问，随后回到英国。

同年下半年，经过深思熟虑后的马克接受了清华大学的长期邀请，作为外籍专家来到清华大学结构生物学实验室进行科学研究。这时的他，心中也只是思量着在中国待两到三年。

实验室备受重视，科研项目得到政府大力支持，在亲身经历了中国良好的生物物理科研环境后，马克决定留在中国一展抱负：2003 年，他成为了清华大学的副教授；2007 年起，成为南开大学生命科学学院特聘教授。

南开大学生命科学学院特聘教授马克·巴特兰姆

即便如此，马克也没想过会将自己深深融入中国文化，成为一名“洋女婿”。就在南开大学这块幸福的“靶心”上，事业与家庭“一箭双雕”，马克说他的人生在此步入了一个新阶段。

他说，来到中国这个决定是正确的，而来到天津工作也是幸运的。

瞄准生物制药的“靶点”

生物医药产业是关系国计民生的重要产业，相比西方发达国家，我国的起步略晚，是名副其实的朝阳产业。在“十二五”期间，生物医药产业成为天津市八大优势支柱产业之一。数据显示，2013

年一季度，天津市生物医药产业实现利润 42.6 亿元人民币，增长 74.2%，成为全市利润增长最快的产业。

马克·巴特兰姆教授的工作就与生物制药产业息息相关，这项工作是生物制药产业产学研链条上的最开端：通过解析重要蛋白质的三维结构，发现新型药物的作用“靶点”，设计新型药物分子，为设计新药提供机理依据。

10 年前那场众志成城抗击“非典”的战役中就有马克的身影。在 2003 年 SARS 爆发期间，清华大学结构生物学联合研究小组成功解析出世界上第一个 SARS 冠状病毒的蛋白质——3CLPRO，又解析出三个全新的 SARS 病毒蛋白质晶体结构，获得了具有潜在临床价值的“广谱”抗冠状病毒化合物，为抗 SARS 药物的发现奠定了重要的结构基础，论文发表在《美国科学院院报》上，得到了国际同行的

马克·巴特兰姆与妻子王莹莹教授　袁丽摄影

高度评价和重视。

在华多年，马克的科研已硕果累累。马克在南开大学组建了天津市蛋白质科学重点实验室，推动天津市蛋白质结构研究跻身于世界前列。他迄今共发表 SCI 论文 110 篇，其中近五年解析 88 个蛋白晶体结构，发表 SCI 论文 66 篇，其中有 5 篇分别刊登在《自然》、《欧洲分子生物学会杂志》、《核酸研究》等世界顶级科学技术杂志与期刊上。

2009 年，他还参与组建了天津市国际生物医药联合研究院药物发现平台之一的高通量分子药物筛选中心。现在，马克说很多自己所设计的药物分子也都在这个平台上进行大规模的筛选。马克直言：“看到这座城市在生物科技方面的高速发展，我很是振奋。对我而言，

马克·巴特兰姆指导学生实验

本来所做的就是最基本的研究，然后写论文结项，再然后换下一个项目，并没有太多机会可以见证自己的科研成果转化成新药或疫苗。但在天津，有这么好的产业支持以及同领域人才的支持，我们也有了参与其中的机会。所以，当有这样的机会时，我很激动。我们与天津市国际生物医药联合研究院有这方面的合作，是很好的机会。”

> “与不同领域和背景的人相互合作，可以让你看到他们对事物的理解、思考模式以及研究技术……我们属于同一个大的系统，但分在不同的领域，我们尝试在中间相遇。”

专注于生物物理科研的同时，身为教授的马克近年来已经参与联合培养了 12 名博士生；同时他还参与硕士生的《英语科技论文写作方法与教程》教学工作。这门课程在同学中很受欢迎与认可，现在教学范围已经从原本的 200 名硕士生扩大到面向相关专业的本科生。“学校领导也乐于将南开大学定位为一所国际性大学。我作为外籍教师，在南开大学教书最希望做到的就是鼓励学生多用英语。我相信这对学生而言也是一种更好的准备，无论是以后继续深造还是为了日后的工作。”马克说道。

瞄准幸福大家庭的“靶心”

采访全程，马克教授的妻子、南开大学环境与工程学院的王莹莹教授一直在旁倾听。马克说，行走在中国，妻子给了他很大的帮助与支持：“以前在伦敦和牛津读书的时候，也认识不少中国同学，他们也会向我们介绍中国食物和一些文化。可那与你进入一个中国大家庭，真正深入中国文化是无法相比的。”

算起两人的缘分，初识是在10年前的清华大学的实验室里，没想到当时匆匆几面竟预示着一段跨国姻缘。2007年的时候，两人重新相遇在南开大学，才再次建立起联系。因为当时王莹莹教授在瑞士攻读博士，两人主要依靠电子邮件进行交流。一来二往，日子

马克自己拍摄的年夜饭场景，岳母称赞说：“洋姑爷包的饺子真香！”

久了，便结下了深厚的情谊。2009 年，马克与王莹莹喜结连理，共同开启了人生新篇章。

马克说融入一个中国大家庭对他而言是个挑战。在英国，通常子女结婚后会保持与父母家庭之间的相互独立，生活的重点就在于经营自己的小家庭；而在中国，父母、子女以及亲戚间都保持着十分密切的往来，这就要求他必须在照顾好自己小家庭的同时，学会融入中国式的“大家庭”。

“其实也没有想象的那么难。”王莹莹补充道，“马克在中国这么久，也能听、说一些简单的汉语，而且还有肢体语言；长辈们逢年过节也喜欢喝些酒，一句‘干杯’便是联络感情的纽带；更何况我们现在还有了一位小小翻译官，可爱的儿子也可以替父亲进行翻译。”

马克说自己特别喜欢中国的春节，从 2007 年到天津以后，他就更喜欢这里的春节了，因为天津有很多有趣的过年传统，从腊月大家就开始忙起来，每天都有不同的讲究。在岳父母家过年，马克学会了张罗包饺子，“剁菜、和馅儿、擀皮、包饺子……我样样精通，就连当初教我包饺子的岳母‘师傅’都夸我有悟性，夸赞‘洋姑爷包的饺子，真香！’”马克笑着说。现在，马克最爱吃的白菜猪肉馅饺子已经成为他的拿手绝活儿，只要有空，他就为家人露一手，他说，这是在向家人表达爱与感恩。

从生活到工作，夫妻二人的默契一直在延续。随着生活开启新篇章，两人在科研上的合作也被提上了日程。

两年前，马克与王莹莹开始进行学术合作，到目前已经成功申请了 4 项专利，共同发表了数篇有代表性的高水平学术论文。两人的合作，主要是在分子机理方面。王莹莹教授从事环境微生物研究，其功能在于利用微生物对环境污染进行处理，与马克教授的专长相结合，就能运用马克教授的技术对细菌里的酶进行解构，研究如何降解污染物、其降解途径是什么，从而治理环境污染。

马克笑着说，这就是两人合作的相互启迪，“通常在一个领域久了就会有个惯用的研究技术。莹莹来自另一个领域，有她自己的研究技术。与不同领域和背景的人相互合作，可以让你看到他们对事物的理解、思考模式以及研究技术。这样的科研交流对双方都很有帮助。”

“我们属于同一个大的系统，但分在不同的领域，我们尝试在中间相遇。”马克·巴特兰姆教授用这样一句话道出了他与王莹莹之间那份科研式的浪漫与溢于言表的幸福。

柳素英：痛并快乐着的戏剧人生

柳素英想要结合美剧的表达方式，加上中国的戏曲元素，做出几部能让中国年轻人喜欢看的戏。除了这个大梦想之外，柳素英今年还有个小

小的梦想：“今年是中国的马年，我希望自己能够在马年跑完一个马拉松，成为真正的千里马！”

文 / 尹璐　摄影 / Vivi

“奶奶，您听我说！我家的表叔数不清，没有大事不登门……”这是京剧《红灯记》的经典唱段。而这是在庄严肃穆的人民大会堂，大牌云集的谍战片《一号目标》的新闻发布会现场，这一广为人知的《红灯记》选段出自在场的一位金发碧眼的外国姑娘口中，她就是我们文章的主人公：来自美国的柳素英（Elyse Ribbons）。

一曲过后，在场的包括翟俊杰、蒋勤勤等明星无不拍手称赞，原来这一经典剧目被这个古灵精怪的美国姑娘改编成了现代版的歌剧唱法。保留了原来的歌词，换上了新鲜的唱法，柳素英扬长避短，将戏曲以自己的方式巧妙地演绎了出来。对中国文化尤其是传统戏曲格外着迷的柳素英，3 年前开始在中央戏剧学院学习戏曲，而今年已经是她来到中国的第十四个年头了。

“中国是学习戏曲的天堂”

对柳素英的采访安排在北京塔园外交公寓的一家小咖啡馆，是她经常光顾的一家店，服务员都熟知她的喜好：果汁，还有加奶油的黑咖啡。下午 2 点整，柳素英准时出现在门口：一身浅灰色外衣，一头金发盘在脑后。对这位美国姑娘的第一印象，跟她的名字很是相称：温柔，素净，又不缺少一种英气。

之前虽听说柳素英能说一口流利的汉语，但当真正听到之后还是感到有些惊讶，完全无障碍的交流几乎让你感觉不到是在和一个外国人进行交谈。礼节方面，这位美国姑娘似乎也早已入乡随俗，礼数周全地照顾到在场的每一个人。

或许是因为前一天熬夜的缘故，采访前柳素英略显疲惫。但一聊起她的专业——戏曲，一下子就勾起了她的兴致。出生在歌剧世家的柳素英从小学习歌舞剧，来中国后，她开始了解中国的文化，感受中国的风土人情。刚来时，除在美国驻华使馆工作外，她抽空还会在北京人艺帮朋友出演一些话剧。“我非常享受在舞台上的感觉”，天生爱表演的她一下子就爱上了舞台，后来干脆辞掉工作，于 2007 年创办了“顽皮猴子戏剧社”，并创作了自己的第一部话剧《我爱北京》，而里面的故事都来自自己的生活，后来又有机会由朋友介绍到中央戏剧学院学习戏曲，今年已经是她学习戏曲的第三年。“中国就是学习戏曲的天堂，京剧是最纯粹的舞台艺术。学习戏曲是一件特别有意思的事情，你可以通过它了解中国老百姓的一些要求和希望。”柳素英说。

虽然只学习了 3 年，但是柳素英对中国传统戏曲的喜爱和了解早已远远超过了国内很多年轻人。在她看来，中国传统戏曲最大的问题，就是样板戏之后就没有再继续发展下去。她希望能够借助自己的力量和优势，在东方戏曲中融入西方的元素，让中国的年轻人更喜欢戏剧。

一切随缘

西方人讲究命运，而中国人称为缘分。一个金发碧眼的外国丫头为什么会不远万里来到中国学习戏曲呢？柳素英说：“学习戏曲是随缘，来中国也是。我没有一次是刻意选择我要做什么，一切就这样自然而然地发生了。”

2000 年的冬天，还在大学读阿拉伯语的柳素英原本打算下学期到埃及留学，但出于安全考虑，赴非的计划被迫终止。原本计划满满的 2001 年突然一下子变得空空的，柳素英感觉非常的痛苦和失落。“我当时正一个人坐在宿舍里流着眼泪吃着方便面，一个同学正好路过，听闻我现在的状况，他说，你要不陪我去北京？”一个此前对中国几乎一无所知的美国姑娘，就此开始与那个远在太平洋对岸的神秘国度结下了不解之缘。“我当时是所有人里面最差的学生。老师问我：‘你会说中文吗？’我说：‘不会。’‘你有关于中国的文化背景吗？上过关于中国的课吗？’‘没有……’‘你会用筷子吗？’‘会！’是这个吃货的概念帮助了我，这就是缘分！”柳素英说着，带着她招牌式的爽朗笑声。就是这样一个从筷子起开始认识中国的美国姑娘，在中国一待就是14年。

痛并快乐着

虽然来中国已是第十四个年头，但在异国生活总会难以避免地遇到一些意想不到的麻烦事。采访中有人来找柳素英，从两人简短的对话中，我们得知因为柳素英几天后要去美国出差，所以要托朋友帮忙换钱。柳素英把整整一大袋子的钱交到朋友手上，朋友拎着袋子便匆匆离开。“外国人换钱特别麻烦，每人只允许换500美元，这怎么够花？”朋友走后，柳素英向我们抱怨道。的确，在国内，中国人每年从人民币兑换成外币可兑换2万美元，从美元兑换成人民币可换5万美元；而外国人在中国想要换钱却只能兑换500美元，这给经常出国的柳素英带来了不小的麻烦。除此之外，外国人单凭护照是无法在网上购买火车票的，也不能在淘宝注册账号购物。这些都为柳素英的日常生活带来了诸多的不便。

如果说以上几点都是次要的，那么医疗问题可绝对不容忽视。由于长期居住在中国，柳素英并没有美国的医疗保险，“在中国用人单位给外国人的保险都很一般，而私人保险又很贵而且作用不大。”对于看感冒发烧这类的小病，在美国提前预约后花半个小时就能完成的事情，到了中国，排队挂号、看病、各处检查、取药等往往就要花上一整天的时间。半年前，因为一段时间的密集演出，工作十分繁忙，柳素英两周没有好好休息，而且因为演出期间没办法及时上厕所，所以很少喝水，天天如此。加之身体受寒，两周后，她终于吃不消病倒了。“一开始生病的时候我很明确地知道自己已经病了，但是看病太贵了，我不愿意去。后来发烧得很厉害，我被查出肾出血，这才到一家国际医院住院，差不多花掉了我好几个月的工资。”

谈起这段痛苦的经历，柳素英言语间不免流露出些许无奈，“在北京我经常会觉得压力很大，我必须要时刻想着挣钱养活自己，有的时候我真的觉得中国人都很强大。”

未曾实现的梦想

在中国的这些年，柳素英曾在大使馆工作过，做过企业公关，演过话剧，做过演员，还是中国国际广播电台品牌节目“老外看点”的主持人，在工作中她或许是个十足的“女汉子”，但在家人朋友面前又可能是个小巧的“萌妹子”。身兼数职的她并不介意自己的多重身份，“我们没办法去限定一个人的身份，每个人都有很多面，我和其他女人一样，我们每天的角色该是什么就是什么。如果一个人需要让别人来告诉她是谁，是什么样的人，这是很可怕的。”

虽然身兼数职，但柳素英也曾拥有一个大志向：“曾经我也有个梦，希望能够发挥自身的优势，做个中西方的文化桥，把更多的中国文化传到西方，也把西方的文化介绍到中国。”但是后来她逐渐发现，单凭自己的力量，这条路走不通。再坚强独立，她也还是个女人。女人不仅需要一个稳定靠谱的职业，更需要找一个对象，结婚生子。“每个人都需要一个对象，不然这个人就容易飘。也许现在正有个人，或许是中国人，也正飘着想找到他的对象呢。”

几年前，柳素英曾在凤凰卫视《一虎一席谈》节目中作为美方代表，与对美籍妻子施行家暴的李阳展开了激烈的争论。节目中她冷静而又不乏睿智的表现给大家留下了深刻的印象。柳素英觉得结婚不是谈生意，感觉能说明一切。中国的很多女人现在经济越来越独立，地位也在日益提高，做饭洗衣并不是女人的特权，男人同样可以做。就是这样一个独立又有主见的美国姑娘，也渴望着属于自己的幸福的降临。

说起自己来中国以后的感情生活，柳素英坦言自己更喜欢顾家的“经济适用男”。在她眼里，虽然现在的年轻人都日益趋向国际化，但是中西方男人对于“相亲”的看法却完全不同。“中国男人更看重钱而不是感觉，他们总喜欢说自己有多少钱、有几套房。”在中国人眼里，或许有房有车才是男人成功的标志，才能证明自己有能力、在奋斗，所以在外奋斗的男人晚上经常忙于应酬，不会回家吃饭。但柳素英却觉得这样做是不尊重自己的身体、不尊重家人的表现，她很担心有钱的男人不会看重爱情和家庭关系，只是一味地工作赚钱。

我爱北京

柳素英 2007 年一手创办的“顽皮猴子戏剧社”第一部原创剧的名字就叫作“I heart Beijing”，译成中文就是《我爱北京》。2003 年“非典”时期，留学生们都纷纷选择离开中国，而柳素英却坚定地留下了；如今北京雾霾天气越来越严重，柳素英再一次选择了留下。“北京这些年来虽然有很多不太好的变化，但是我还是超级喜欢北京。北京是个很有包容性的城市，我喜欢这里的文化还有这里的人。”

提起自己的中国朋友们，柳素英赞不绝口：“我最喜欢中国朋友把我当成是自己人。在美国，也许陌生的人会帮助你，但是朋友有时候却做不到；而在中国恰恰相反，真正的朋友会为你做一切。我很幸福我拥有这样真正的朋友。”

在采访过程中，感觉印象最深的就是，这个美国姑娘对中国一些问题的理解和分析要比许多中国人还要深刻。现在的柳素英，除日常工作外，还是在继续学习戏曲，并致力于中国戏曲的推广和传播。“我想要结合美剧的表达方式，加上中国戏曲的元素，做出几部能让中国年轻人喜欢看的戏。”

除了这个大梦想之外，柳素英今年还有个小小的梦想：“今年是中国的马年，我希望自己能够在马年跑一个马拉松，成为真正的千里马！”

采访结束后，柳素英热情地邀请我们下次再聊：“下次见面的时候，我们要到一个小酒馆，最好每人手里都能有一杯黄酒，这才是中国的传统。”（实习生李琦参与采访）

星海：友谊宾馆长大的巴西人

文 / 吴星铎　万晓璋

“玉兰，开门哪！”这是1988年的小品《夜归》的经典台词。来自加拿大的大山也因为在这个小品中扮演的“许大山”一炮而红，而那位“玉兰，开门哪”的玉兰，真名其实叫作星海（Raquel Martins）。当时大山初到中国，中文说得并不好。说起来，星海还是大山的半个中文老师。

星海——这样地道的中文名，或许让人很难相信星海其实是巴西人，尤其当她开口说中文的时候，你一定会认为她是个地道的中国人，地道

星海近影

的北京人。她为人很和善，乐于分享。开朗的她曾经是国际学校的中文老师，目前从事外事以及电影方面的翻译工作。笔者与她约定采访地点时，她爽快地说："不要去别的地方了，就去你们单位所在的友谊宾馆吧，我就是在那里长大的！"

友谊宾馆的那棵树

星海从小在友谊宾馆长大，她对友谊宾馆里的每个角落可谓是了如指掌。小时候，她还在友谊宾馆里的树上刻过自己的名字，"现在可能找不到刻着我名字的那棵树了。"星海笑言。

星海能这么精通中文，得益于其父母不凡的经历。她的父亲名叫马尔丁斯（Jayme Martins），母亲名叫安热琳娜（Angelina Martins），他们在1962年来到中国，曾在中国国际广播电台葡语组工作。当年他们回巴西度假，遭遇国内发动了军事政变，星海的父亲马尔丁斯经历了一年多的牢狱之灾。马尔丁斯夫妇后来带着不到一岁的星海离开圣保罗，从里约离开巴西，辗转又回到了中国。"我的父亲也是一个理想主义者，当时他想帮助中国政府，所以回到了中国。"

星海父母对中国的感情还体现在星海这个名字上。这个名字源于《黄河大合唱》的作者冼星海，是她父亲在巴西监狱里的一位中国狱友建议的。

从 1965 年到 1979 年，星海一直住在友谊宾馆。对她而言，友谊宾馆就是美好的童年，独立的世界。“我们当时什么都有，会所，游泳池，网球场，电影院，跟当时当地的中国人比的话，我们完全是另外一个世界。”到现在，星海的好朋友们都还是当时那群一起长大的外国小伙伴。“我们偶尔会回到童年的地方，我来的话，就拍一张照片发给他们。或者他们有人来也会发照片给我。”

当北京遇上香港

1991 年大学毕业后，星海与先生结婚，搬到了香港居住，上世纪 90 年代一直待在那里。她的大女儿也是在香港出生的。香港回归时，星海亲眼见证了那令人兴奋的一刻。

7 月 1 日，星海和好多朋友一起，专门订了一个餐厅去庆祝，因为那是香港属回归中华人民共和国的第一天。“当时我们一起庆祝的人对中国都非常有感情，觉得殖民主义不管发展得多好，也不能永远守着。香港还是应该回家。”

在星海看来，当时的香港“很迷茫，它不知道自己到底是谁”，“它被英国人统治了 100 年，英国人并没有像对待英国人那样对待香港人，所以香港人就一直不知道自己是谁。”

搬回北京后，星海又回去过香港两三次，感受到了香港的很多变化。“以前很少会听到人们说普通话，现在人们都会说普通话，商店里接待你的人都会说普通话。”

谈到香港和大陆的区别，星海印象深的是，香港生活特别方便。“也可能是因为面积小吧，你去银行，再去一个律师办事处什么的，你一两个小时就办完。北京什么都特别分散，特别大。要等这个，批那个。”她用超市购物举了个例子：“比如我们外国人，喜欢吃的黄油、奶酪什么的要想在一个超市买齐，在北京就特别麻烦。”

尽管生活在北京没有香港那么方便，星海还是更喜欢北京，愿意待在北京，“因为北京人比香港人更好打交道。北京人永远认为所有人都是客人，北京司机就特别能聊，香港就不一样。我就记得我在香港坐公交车的话，我如果坐这儿，除非我旁边是最后一个座位，才会有人坐，否则人家不会坐。我想香港人可能不愿意跟很多外国人直接打交道。”

星海的俊儿靓女

星海有 3 个儿女，除了大女儿，星海还有一对俊儿靓女的双胞胎。儿子叫雷智林，女儿叫雷静琳，目前都在北京语言大学进修中文。雷静琳后来也接受了笔者的采访。当她踏着脚踏车出现在采访地点时，给人感觉像一缕明媚的阳光洒进眼帘。

兄妹俩是双胞胎，星海一直认为他俩有心灵感应。例如，哥哥雷智林有一次骨折，在积水潭医院做手术的时候，谁的手都不要，只要抓住妹妹的手。心灵感应还体现在，比如，两个人在相隔很远的地方吃饭，回来之后都一样的不舒服；比如，两人不约而同买回来的同样款式的衣服；比如有一段时间兄妹俩都很想做一个文身，互相询问之后，居然想文的位置和图案都一样。

妹妹雷静琳特别喜欢中国菜，尤其是川菜。她还喜欢喝北京的豆汁儿。“我以后要嫁个中国人，因为我就喜欢吃中国菜，我想要有个人可以帮我做。”

星海的俊儿靓女

兄妹俩接下来将追寻大姐的足迹去英国继续学习。被问及学成后打算时，妹妹这样答道："我会回中国，一定会。我不知道我会想回北京还是别的城市，但我一定会回中国。"

乐山乐水，每周郊游

星海每周三都会与朋友们爬山郊游，风雨无阻。"我们去的都是野山，像房山、门头沟、海淀、怀柔、昌平、延庆、密云……"她对北京的地理可谓了如指掌，令笔者大吃一惊。

北京的第一山灵山她去了三四次，她甚至可以准确地报出灵山的海拔。"我们喜欢去没有人去的山。可惜现在好多都被开发了，修得一塌糊涂，大巴都能开进去。像云蒙山被破坏了，现在修了一个道，能开到半山腰。雾灵山也是，一直能开到山顶。爬山爬不上去就不上去嘛，不一定非要上到顶啊。"

跟星海一起爬山的大部分是外国人，但也有中国人，他们都是爬山爱好者。他们一般都是早上 9 点出发，大概 10 点半开始，一般到下午的五六点才结束，得爬七八小时的山。他们会开车去，然后司机到另外一边去接。他们有固定联系的司机，因为他们很少原路返回，一般都是穿越。

星海最喜欢的地方是芦子水村，位于北京市房山区蒲洼乡的西北部，北与河北省涞水县的南边桥村相连，西与涞水县的镇厂村相邻。那是一个非常美的山谷，四面环山，中间有一个小山包。“上边有一个古代的小亭子，非常的美。”

“我有没有在北京过晚年的权利？”

当笔者问起星海的未来规划时，星海表示，她和她的家人都非常想留在中国，可偏偏被一纸签证难住了。“我很多朋友的孩子，生在北京，长在北京，还是不能留在北京。我儿子几乎在中国待了20年，先是在香港然后在北京。现在他回家都要用旅游签证。”

对于小女儿雷静琳而言，在巴西和芬兰，她看起来是巴西人、芬兰人，但是在那边过了几个星期，雷静琳就感觉自己不是那边的人。“因为我从来没住过那边，我会说那边的语言，但是我不是非常喜欢长时间在那边。在中国我有家的感觉，但是我也从来不能说是中国人。因为我每年回家都得办签证。”雷静琳说。

星海还说道：“最近中国说要多发绿卡，但是只有284人，这怎么可能够几万个外国人分。媒体说要降低拿绿卡的门槛，但是似乎只是针对海归。”星海自己去申请过好几次绿卡，都被告知不够资格。即使星海在中国待了40年，她也还是不能拿到绿卡。“不过就算我们拿到绿卡，也只有10年年限，过了10年就又不行了。

60 多岁，退休了没有工作单位，签证就不再给了。如果我们孩子中间的一个，回来在北京工作，我们可能会有家属签证。但是我不能指望这个，我不能要求谁回来。可是我老了怎么办呢，我想吃包子想吃饺子，总不能住到国外去啊。”

星海说：“我没有想加入中国国籍，因为毕竟中国人很多，把我加到哪个民族里也不合适。我就是想有永久居住的权利。但是话说回来，有那么多外地人，孩子在北京都没法高考。如果连中国人的问题都没解决，可能外国人的更加没有办法先去考虑。”

“我有没有在北京过晚年的权利？我觉得我应该有，但是，好像我没有。”

来自足球国度的笑容

世界杯刚刚落幕，余温未消。作为巴西人，星海也很关注巴西世界杯的赛况。

“巴西球赛看着太紧张了，而且都挺残忍的，使劲儿往内马尔身上踢，到最后他都踢不下去了。我不喜欢这种太紧张的感觉。”对于巴西本土止步四强，星海看得很开，她本身就认为这届的巴西队实力并不算很强。“不管怎样，不是阿根廷夺冠就行。输给谁也不能输给阿根廷。就因为是邻居，在家里输给他们不太好。”

星海认为，巴西世界杯和政治分不开。巴西民众普遍反对在建设体育场上花费过多，星海也承认，长远来看世界杯还是具有后续效益的。“比如中国，2008 年北京奥运会的举办，使得现在的中国人心态变了，更自信了。”

巴西的足球氛围特别浓厚，“巴西人如果生了儿子，父亲从医院出去就会买回来一个足球，给自己的儿子。在 7、8 个月孩子刚会坐的时候，就会让他玩球。刚会走，脚底下就会有球。就像中国人，几个月就让孩子认字。如果不从很早就培养，长大就会认为是不务正业。”星海的儿子雷智林常踢守门员的位置，今年也即将去英国学习体育管理，未来可能会发展体育。

星海和她的俊儿靓女都出现在了北京地铁“巴西的哥(姐)们儿”的组图里。当时世界杯正踢得热火朝天，他们一家来自足球国度的笑容让大家感受到了巴西世界杯的激动人心。如今，世界杯已经落下了帷幕，星海一家对中国的感情，中巴人民的友谊，永不落幕。(实习生雷宇虹、王润宇参与采访，现场录音整理王润宇、布英娜)

马克林：爱上中国半个世纪

文 / 吴星铎　雷宇虹

澳大利亚专家马克林（Colin Patrick Mackerras）是2014年中国政府友谊奖获得者。他是西方当代中国研究领域的国际权威学者，主要研究领域包括澳中关系、当代中国政治、西方的中国形象、中国戏剧、中国少数民族，他撰写的《西方的中国形象》是中国形象研究的权威著作。

2014年中国政府“友谊奖”获得者澳大利亚专家马克林（ViVi 摄影）

马克林自1964年起长

期担任北京外国语大学名誉教授，开设《澳中关系》等课程。他专注于当代中国研究，在1966年回国后建立了澳洲大学第一个中国研究中心。他精力充沛、工作热情高，75岁高龄仍然教授三门专业课程。

自20世纪60年代第一次来中国任教，马克林教授在过去半个世纪里先后70余次来中国大陆，几乎走遍中国，以其实地考察的实干精神和田野调查的科学方法，获得了丰富而独特的中国体验。

近日，马克林接受了专访。满头白发却精神矍铄的他，在北外校园中推着自行车，与记者边走边聊，一起步行至采访地点——北京外国语大学英语学院外教办公室。他学贯中西，精通中文，采访中即兴在中英文之间切换，在进行封面拍摄的时候，他很热情地用中文与摄影师沟通配合，同时为杂志提供了若干张参考配图，并一张一张讲解。以下为对马克林教授的专访内容。

一份跨越半个世纪的友谊

记　者：首先，请您分享一下获得2014年中国政府友谊奖的感受。

马克林：获得“友谊奖”我感到非常荣幸，我非常高兴我在中国的工作是有用处的，这很重要，因为我很爱中国，很久前我就爱上了中国，从 1964 年我到北京外国语学院任教算起，已经整整半个世纪了。我总是尽力做一些对中国有益的事情。我很荣幸能获得如此高的荣誉，这是我人生的理想之一。

北京外国语大学（当时叫北京外国语学院）西校区大门，马克林摄于 1965 年

记　者：对您而言，这次获得的荣誉和您之前获得的荣誉有什么不同，例如 1999 年澳中理事会颁发的“杰出贡献和成就奖”，2007 年澳大利亚政府颁发的“澳大利亚一等功勋奖章”，2012 年“澳中关系杰出贡献奖”等等。

新中国成立 15 周年当天的天安门广场，马克林摄于 1964 年 10 月 1 日

马克林：我在澳大利亚确实获了一些嘉奖，在中国也是。我为能得到祖国和中国的嘉奖而倍感荣幸。“友谊奖”对我来说意义非凡，获奖的各位专家来自世界各地，就这一点而言，我为身为其中一员而感到自豪。

记　者：如您所说，从1964年您就来到中国，到现在已经整整半个世纪。“友谊奖”是对这份持续半个世纪的友谊的一份见证。那么，是什么样的机缘让您开启了这份友谊，来到中国的？

马克林：你知道，上个世纪五六十年代，对澳大利亚人来说，中国是一个很封闭很遥远的国家，澳大利亚人很少去中国。当时，澳大利亚政府提供了一个亚洲研究奖学金，我的母亲非常鼓励我去学习和研究中国，虽然她自己对中国不太感兴趣。她觉得对于未来的澳大利亚来说，中国非常重要。我非常感激她的先见之明。后来我有机会去英国剑桥大学，在那里我写过关于中国唐代的论文。

记　者：中国唐代的论文，请问是关于什么内容？

马克林：主要是有关回纥人帮助唐肃宗平定“安史之乱”，我对那个非常感兴趣，基本是从公元744年到850年之间的历史。后来我在澳大利亚和美国出版了《新唐书》《旧唐书》的英文译本。

记　者：对于古代中国的兴趣是如何扩展到了整个中国历史，特别是当代中国的呢？

马克林：因为我有机会来到当代的中国看一看。原来我从来不能想象当代的中国是什么样子。

记　者：所以您当时对中国的第一印象是怎样的？

马克林：第一印象就是激动。当我回首过往时，1964年，我第一次来中国时的情景深深根植在我脑海里，因为一切都是那么陌生。

1964 年的国庆阅兵式，我就在现场。之后因为天气有点冷，身体有些抱恙。我那时候觉得不太好，也有些感觉不习惯，不过后来我开始去思考这里人的行为习惯，渐渐地我开始理解并且爱上这种生活方式。后来 1966 年 9 月因为合同结束回国，直到 1973 年我又一次回到中国，这中间有一个大事，1972 年 12 月 21 日，中国与澳大利亚建立了外交关系。

记　者：那么建交之前和建交之后对您而言有什么不一样？

马克林：不一样是显著的。建交之前，我来到中国和澳大利亚政府没有公共的关系，因为中澳双方没有建立外交关系，我只是私人接到邀请。之后工党执政，他们对中国很友好，我也很开心。

记　者：在那之后呢，对您而言到中国来就更加便利了。

马克林：是这样的。1973 年，我回到中国，1977 年我带了一批我的澳大利亚学生到中国来。自此以后，除了其中一年，我每年大部分时间都会来中国。

中国的形象在提高

记　者：作为西方当代中国研究领域国际权威学者，您的著作《西方的中国形象》是中国形象研究的权威著作，在您看来，您觉得中国在西方国家的形象这些年来发生了哪些变化，目前又是怎么样的？

马克林：这是一个很好的问题，我觉得中国的形象不仅和中国的发展和现实有关，还和西方的政治有关联。比如，在 1971 年，中国的形象转变很大，从负面向正面转变，这不是由中国决定的，而是由美国决定的，当时的美国决意改善与中国的关系。现在对比以前，中国的形象在西方人眼中改变很多，中国的形象是在提高，但还是与中国的实际情况不符。西方国家对中国有偏见，他们一直在找中国的过错，他们只关注负面的消息，对中国取得的成就不给

前排左起，北京外国语大学教授陈琳、陈琳夫人、马克林夫人艾丽斯（Alyce Mackerras）。后排左起，马克林、马克林长子史蒂芬（Stephen Mackerras，1965 年出生于中国，第一位在中国大陆出生的澳大利亚人）

予肯定。我觉得这是由于西方的政治原因造成的，西方的民众对于中国的发展很紧张。现在世界局势正在改变，中国越来越强大，我觉得西方很多民众并不喜欢这种改变，当然也有很多人并不担心这种变化。

记　者：那么请您谈谈中国这些年比较大的变化。

马克林：主要有三个大的变化。第一，中国越来越富裕了，经济不断增长。第二，中国越来越开放了，更加自由了，人们的思想自由，他们言论也越来越自由，他们的行为越来越自由，他们也更加自信了。他们会吸取国外的思想，中国也越来越有影响力。第三，在和平的主旋律中不断改革，更多地和外界交流。我看过 1964 年的中国，也看过今天的中国，虽然现在还是有一些问题，但是进步已经十分大，人们的生活越来越好了。问题只是局部的问题，如果纵观全局的话，现在的情形好多了。但是在西方的眼中，中国的形象只是提升了一点点。

当代中国的三个问题

记　者：在您看来，当代中国最主要的问题是什么？

马克林：我觉得有三个主要问题。第一个问题，环境应该得到改善，我相信一定会改善的，这很重要。今天北京的天气不错，但是到冬天的时候雾霾很严重，在中国各地这个情况都很普遍。河水的污染很严重，但中国政府正在积极治理。第二个问题，政府的反腐倡廉问题，我觉得正在很明显地朝好的方向发展。第三个是贫富差距、社会公平问题。这个问题比较复杂，我觉得中国正在尝试解决这个问题，我也希望这个问题能得到解决。

记　者：那么，中国的政府和民众如何能去更主动地提升中国在西方的形象呢?

马克林：由于西方的政治意识形态，中国能做的似乎有限，但是也有一些努力值得尝试。将中国的媒体外派到西方就是很好的尝试。交换学者、交换生的政策也是增强两种文化理解很好的尝试。孔子学院也是一个很好的机构，但是也存在一些问题，在美国和英国的一些大学，他们拒绝成立孔子学院，这是件很糟糕的事情。他们对待中国的态度不对，并且拒绝跟中国交流。另外一个我个人的建议，对于民众而言，要注意一个细节，中国的民众出国之后要学着安静一点,特别是在餐馆的时候,他们常常会很吵,有时候会喝醉。

记　者：您觉得现在的新媒体在提升中国形象中能起到怎样的作用?

马克林：我觉得可以，中国可以在网络上提升自己的形象。问题是现在西方人不怎么用微信和微博，他们都上脸书（facebook）。

从教学研究到旅游歌剧

记　者：您在中国执教期间有没有发现中国学生和澳大利亚学生的不同之处？

马克林：我在北外和人大更多是用英语授课，他们的母语不是英语，这使得他们在理解和学习时存在一定困难。我得把这个因素也考虑在内。对于中国学生来说英语是第二语言，对于每个人来说，用母语来接受信息都比用其他语言来接受轻松得多。中国的学生普遍很勤奋，他们比澳大利亚学生更勤奋。他们的思想更加严肃，很

马克林（中）与江苏省苏州昆剧院演员合影

好学。澳大利亚的学生很放松，他们的思想更加自由创新。中国的学生对老师比较尊敬，喜欢几个人在一起，互相帮忙。

记　者：您能分享一次您难忘的旅游经历吗？

马克林：我很喜欢熊猫。我有一个澳大利亚朋友是位外交官，后来成为驻华大使，他也特别喜欢熊猫。我们一起去四川卧龙，我有一张我抱着熊猫照的照片。还有一次，在青海，我去过一个藏族的村庄，这不是计划中的事，我去到那里的时候，他们正在跳锅庄舞。整个村庄的人都来看他们跳舞，他们跳了一个下午。我觉得这件事情很有意思，他们喜欢舞蹈。在那里，文化就是生活的一部分，而不仅仅是一种旅游资源。

记　者：您在工作之余有什么爱好？

马克林：我喜欢音乐，西方古典音乐，尤其喜欢歌剧。我在中国常去国家大剧院，听歌剧和音乐会。我很喜欢喜剧，但是我更喜欢动人的悲剧。

文学专家的收藏奇缘

——访2014年中国政府友谊奖获得者唐纳德·斯通

文/九星　宇虹

“这是毕加索的蚀刻版画《一个浓密头发女人的背后视角侧写》，这幅画可以说是毕加索所有版画中最动人的一幅，是毕加索为西班牙文艺复兴诗人路易斯·贡戈拉在《艺术家的书籍》中所作版画中最著名的一幅。这幅作品旁边的类似书法的作品也是毕加索作品，是毕加索手写的‘英雄十四行诗’的文字部分，采用蚀刻法。”北京大学赛克勒考古与艺术博物馆，正在为笔者介绍这两幅毕加索作品的，正是版画文字中标注的捐赠者本人——唐纳德·斯通（Donald Stone）。

唐纳德·斯通是资深英国文学专家，现任北京大学英语系教授、美国国家人文基金会咨询顾问。2011年获北京市教育国际合作贡献奖。20世纪80年代，他以高级访问学者身份任教首都师范大学，并访问社科院外文所达12次。他先后在中国十多个大学、研究所讲学并举办学术讲座。2006年起，他受聘北京大学，担任英语专业本科和研究生研究性核心课程的教学工作，十多年来教授学生近千人。2006年以来，他向北京大学捐赠西方著名艺术家的上百件版画作品和26（组）件中国文物。

对斯通教授的采访是在9月中旬进行的，采访结束，天色已晚，没有能参观赛克勒博物馆，实为小小遗憾。斯通教授于是在10月上旬特意邀请笔者赴北大参观赛克勒博物馆——在这些收藏品的捐

2014年中国政府友谊奖获得者，北京大学英语系教授唐纳德·斯通

赠人的介绍下参观博物馆，实在是一个奇妙的体验。而这两次会面之间，斯通教授已经多了一个身份——2014 年中国政府友谊奖获得者。

“获得‘友谊奖’也许真的是一场梦”

9 月 29 日下午，外国专家们乘车来到人民大会堂。3 点整，国务院副总理马凯一行健步走入人民大会堂，“友谊奖”颁奖典礼开始。2014 年是新中国成立 65 周年，共有来自 25 个国家的 100 位外国专家获得了本年度“友谊奖”。伴随着雄壮有力的音乐，国务院副总理马凯亲自为每一位获奖者佩戴奖章、颁发获奖证书。斯通教授在其他获奖者的鼓掌祝贺声里走到了马凯副总理面前，微笑，点头，握手，马凯副总理把奖章佩戴在他的胸前，又把证书打开，两人一起托着证书，多个闪光灯亮起定格这一时刻。

谈到“友谊奖”，斯通说：“获得‘友谊奖’是激动人心的，它是一种非同寻常的荣誉。我很自豪地和副总理马凯合影，当他在我身旁时我满怀敬重。李克强总理对外国专家发表的讲话善良和友好。当我回想起国庆晚宴——出席宴会的有习近平主席和两位前领导人，江泽民、胡锦涛——我真的不知道是否是在做梦。我们那天不允许拍照，以至于现在想起来，也许真的是一场梦。”

“我的生命可以分成‘BC’和‘AC’”

1982年，斯通踏上了中国这块土地。20世纪80年代，斯通是哈佛暑假班的教授，结识了赴美交流的中国社科院英语学院院长朱虹。朱虹教授作为中美交换的教授之一，被派到哈佛交流。就是这个契机让斯通与中国结下了半生缘。两人结识之后惺惺相惜，很快成为知己。在朱虹教授交流期快结束时，中国方面可以邀请一位美国教授到中国交流。朱虹教授向斯通发出了邀请，“为什么不去外星般的中国看看呢？”就这样，

斯通教授捐赠的毕加索蚀刻版画《一个浓密头发女人的背后视角侧写》

斯通教授（右一）和姐姐与学生在美国加州海边

斯通作为客座教授在首都师范大学任职，开始了他的中国之旅，而这段旅程一直持续了 30 年。

初到中国，有千差万别之处让他觉得惊诧，也有友善温暖之处让他对这块土地产生了深深的眷恋。80 年代初，虽说改革开放的春风已经悄然轻拂，可是条件依旧很艰苦，“我来中国待了 6 个月，瘦了 35 磅。我来中国之前大概 150 斤，回到美国只有 115 斤。”斯通当时和外国的教授、专家们一起住在友谊宾馆。宾馆有专门接待外宾的食堂，但即使是外宾，有时候吃的菜也没有一点肉星。“就连我们都吃不上肉，我都不敢想象普通百姓吃的是什么？”那时候中国的生活真的很艰苦。虽然生活艰苦，但是中国人的热情友善斯通至今难以忘怀。“我到达北京的机场时，时任首都师范大学外语学院的院长杨传伟教授来机场迎接我，为了给我接风洗尘，他们把我带到北京最有名的饭店吃饭。而学生们知道我是来自哈佛的教授都如获至宝，纷纷请我到他们家里做客，见他们的家人、朋友。这对我来说是莫大的荣誉。我看着我的学生结婚生子，成家立业，心里特别欣慰。”学生一步步的成长、成熟都让他对这片土地的感情增添一分。

除了学生们的爱戴和尊敬，更让他终身难忘的是中国老百姓的淳朴和热心。斯通回忆说：“那段经历我毕生难忘，他们的生活也许捉襟见肘，可对陌生人，依旧慷慨。”来到中国后，斯通到各处的大学讲学。到山东大学讲课时，学校给他以及同行的几个教授安排了一次山东之旅，从济南到曲阜孔庙，然后去泰山。汽车有些年头了，常常“罢工”，司机拍几下，又“突突突”地轰鸣起来，不一会儿，又抛锚了。周而复始，在尘土飞扬的路上开开停停。沿途的居民们看他们停下来，总会问他们：“你们要喝茶吗？要不要吃点红薯？”斯通满怀感慨地说：“我那时候从来没有见过那么友善的人们，他们也许只有这么点粮食，却愿意和我们分享。”也许当时曲阜和泰山的美景在他的脑海中已经模糊，但是这段路上所感受到的温暖在心底深藏许久。

1982年的“十一”假期，斯通经历了一次惊险的旅程，惊险之余，他又一次感受到中国人民对他的热情和友善。斯通回忆说：“当时我去西安，他们只给了我去西安的票，却没有回来的票。他们对我说：‘你应该到西安的国航买回来的票。’我到了西安，国航售票处却因为假期关门了。不过他们最后还是为我开门了，我对他们说：‘我需要一张回北京的机票。’他们很抱歉地对我说已经没有票了。我把学校写的中文信给他们看，大概意思就是‘这是我们学校的唐纳德·斯通教授，希望您能尽一切力量照顾好他。’售票员看完之后拿给了她的领导批示，最后她说可以让我登机。其实后来我才发现原来他们在走廊给我加了一张椅子。先抛开安全因素这一说，世界上没有任何一个国家会像中国这样热情地对待我，甚至为我破例。

这也是我对中国的感情如此深的原因之一。”

用斯通的话来说：“我的生命可以分成‘BC’（before China 来中国之前）和‘AC’（after China 来中国之后）。”

《简·爱》与《红楼梦》，中国与诺贝尔

作为资深英国文学专家，说起文学，斯通总是能够滔滔不绝分享他的观点见解。这些见解新颖独特，让每个听过的人都有醍醐灌顶之感。

斯通学贯中西，总是能把中西方文学紧密联系在一起。讲解到简·奥斯丁的作品时，他会让学生与张爱玲的作品进行对比，从奥斯丁情节跌宕的女性喜剧看张爱玲冷眼观世界的女性悲剧。甚至在旁人看来毫无关联的两部文学作品，在他的眼中都颇有门道。《简·爱》与《红楼梦》似乎是八竿子也打不着的两部文学作品，在斯通眼中它们也有相似之处：“《简·爱》和《红楼梦》开始都是以一个小女孩的视角来呈现给读者，前者是通过小简·爱的眼睛来看见她童年的凄凉，后者是从黛玉的视角来呈现出贾府的气派辉煌。”

他对中国以及世界的小说都颇有见地，中国当代作家中，相比诺贝尔文学奖获得者莫言，斯通更欣赏余华。“他的作品充满着中

国的特性，人性的挣扎，同时又更容易被西方人所接受。我的很多外国朋友最喜欢的是《活着》，这确实是一部杰作。可我最欣赏的是《许三观卖血记》，那才是真正的震撼。”

笔者采访斯通时，是在诺贝尔文学奖颁奖之前。十多年前，斯通被邀请到洛阳做演讲，被问及当年的诺贝尔奖得主时，他提及了土耳其作家奥尔罕·帕慕克。果不其然，奥尔罕·帕慕克摘得了这项荣誉。去年，斯通向他的朋友们推荐他最青睐的北美作家，爱丽丝·门罗。当他找遍北京却找不到一本门罗的书时，爱丽丝·门罗也斩获了这一桂冠。

瑞典文学院 10 月 9 日宣布，将 2014 年诺贝尔文学奖授予法国作家帕特里克·莫迪亚诺，这位被称为是“新寓言”派的代表作家。因为他的作品“唤起了对最不可捉摸的人类命运的记忆”，捕捉到了二战法国被占领期间普通人的生活。在参观赛克勒博物馆谈到这位新晋诺奖得主时，斯通坦言有些意外，甚至失望，在他看来，日本的作家村上春树更应该在今年得到这个奖项。

收藏的最大乐趣在于分享

如今的斯通，不仅是北大的教授，还是位收藏家和慷慨的捐赠者。他已经给北大的赛克勒考古与艺术博物馆捐赠了 320 多件艺术品，明年还将捐赠 20 多件艺术品。

斯通说：“我从收藏中得到的乐趣大概跟我的犹太遗传有很大关系。拥有某样东西，是去分享它，犹太人往往是大捐赠人。在美国的博物馆里，或者在上海，有很多文化场所是由犹太人在 20 世纪 30 年代的时候建立的。”

善于收藏，而不吝啬藏品，在斯通看来，艺术品是为世界上每一个人创造的，每个人都有权利欣赏它们的美。从 12 岁就醉心于收藏，斯通已经把自己大半辈子的时间奉献给了收藏。海报，是斯通收藏生涯的开始，时至今日，他在纽约的公寓里还藏有 3 万多张海报。许多人以为，收藏是富贵人家的闲情雅致，普通布衣百姓难以承受如此花销。其实斯通也并非是含着金汤勺出生的贵公子，一切都源于他对艺术的热爱。

“我父亲是一个俄罗斯犹太人，妈妈是一个法国穷裁缝的女儿。我小的时候家里也潦倒得很。我爸妈从没有上过大学，我是我们家第一个大学生。”和许多中国人相似，斯通也是与生活的艰难同行，在困境中求生存。“我 5 岁就开始在图书馆看书，可是直到上大学之前我一直没有属于我自己的书。直到我去伯克利大学读书时，我才有了 4 本书。这几本书我现在还留着。我当时心中欣喜若狂，这些书属于我，我不用再还给图书馆，可以在空白处做笔记。这种感觉简直难以形容。”如今讲起那段岁月，斯通依然神采飞扬，仿佛那种欣喜重回胸膛。就是这样一位普通家庭的孩子却与收藏结下了不解之缘。

斯通和艺术的缘分，和巴黎这座艺术之城密不可分。尽管从小家里穷困潦倒，一次机缘巧合却让斯通得以触摸巴黎这座艺术圣殿，给他开启了艺术的大门。20 世纪 50 年代，斯通的母亲因为被大厦的不明物品砸伤而获得 3000 美金赔偿。并无大碍的母亲打算利用这笔钱带斯通去法国巴黎探亲。“我们在巴黎待了 6 个月，租了一间小公寓。我妈妈买了一些炊具给我们做饭，我记得我们的食物通常就只有土豆，最后甚至一天只有两顿！可是那是我最快乐的一段时光，我常常一个人在巴黎街头溜达，每天到各个博物馆去欣赏展

北京大学赛克勒考古与艺术博物馆，斯通教授为笔者介绍自己捐赠的艺术收藏

品，那段时间我走过了巴黎的几乎每一寸土地。”

有一天，斯通在北大的一个中国学生，如今是他的朋友，对斯通说：“瞧，咱们这儿有个赛克勒博物馆，一个考古和艺术博物馆，可是他们只有一些考古物件展品。这个楼是空的，而你，你有许多收藏。”那是2006年。于是斯通开始用自己的收藏填充博物馆，2007年展出了德拉克洛瓦的作品。2011年，有了关于18世纪的展览。2013年11月开始，北京大学赛克勒考古与艺术博物馆展出了其捐赠的名家艺术版画。

对于自己与北京大学赛克勒考古与艺术博物馆的缘分，斯通说：“是一种真诚而深厚的友情，让我决定收集一系列西方艺术作品捐赠给北京大学赛克勒博物馆。在中国的大学里，永久性的西方艺术收藏品并不多。相比之下，哈佛和普林斯顿拥有相当数量和高质量的中国艺术收藏品。”

2014年10月上旬的一天，这位北京大学赛克勒博物馆收藏品的捐赠人为笔者介绍查理斯·佛朗索瓦·多米尼的《森林中的鹿》，介绍阿道夫·阿比安的《垂钓》，介绍让·巴蒂斯·西美翁·夏尔丹的《晨妆》。这种感觉让人难忘，就连在博物馆大厅一进门的玻璃柜中摆放着的中国汉代的“持镜女侍陶俑”，最下方的介绍也是：“斯通教授捐赠”。

最开始进赛克勒博物馆时，博物馆的门卫是个新来的小伙子，不认识斯通教授，拦住斯通教授让他出示了证件。参观结束，笔者告诉门卫小哥：“你在这里工作，你得认识他呀！你要是看一看那些收藏品介绍下方的捐赠者，你就知道他是谁了，建议你和他合个影吧！”

因武术结缘中国

——访奥地利汉学家诚曦

文 / 陶红

每个外国汉学家都与中国有着一段缘分和故事，诚曦就是这样一位有故事的汉学家。

很珍惜“研修计划”的机会

认识诚曦，是在近日“2014 青年汉学家研修计划”上。无论是在课堂上听专家学者的讲课、去社科院与教授们研讨、体验中国传统文化，诚曦总是很活跃，让人印象深刻。

诚曦，现任奥地利萨尔茨堡大学中国中心主任，研究方向是中国艺术、武术、哲学、音乐以及中西方哲学比较。

18 年前因武术结缘中国的诚曦，说一口流利的汉语。她来中国

练中国功夫让诚曦找到了力量(卢旭摄影)

已有20来次了,这次“研修计划”中的体验中国传统文化让她兴奋和兴趣盎然,她说:“可惜时间太短,只能重找一点感觉,如果要更深入了解和研究的话那需要一个长期过程。对不同文化的了解,一定要从各个角度去了解。”对这次能体验武术,品茶、品香,欣赏古琴、尺八等,她都感到很有意思。

采访那天,诚曦正准备第二天去中国社科院哲学所演讲的发言稿,演讲的内容与伦理学有关,她说:“首先要谈一些基本的东西,从中国的人谈起,‘人’和‘仁’。4位汉学家和哲学所的专家做一个小演讲,最重要的是交流,听听别人的想法,从别人那里了解和学到点思想。中国改革开放之后,为什么这么多人去国外学习,就是他们想了解和学习国外的好东西，另外一种想法也包含在内，那就是你要了解对方才能超越对方，当然这个超越要从正面去理解。愿意向别人学习当然是好事，而不是为了达到什么目的。”

与中国相距遥远，但非常想了解她

诚曦毕业于莫扎特音乐学院。毕业后本应去唱歌剧的她，却偏偏喜欢研究哲学，尤其是东方哲学。她认为东方哲学很有意思、很有趣。在奥地利，少有了解和认识中国的渠道，而且中国又那么遥远，一时没有机会前往，她只能暂时放弃对东方哲学的学习。“但也不知道为什么，我那时就是非常想多了解中国。”

诚曦对哲学的爱好受其父母影响。诚曦的父亲是哲学和心理学家，母亲是教德语和法语的老师，也一直在研究哲学和神学。小时候，母亲教过她一些东方哲学思想。高中毕业后，诚曦学了几年哲学，在学习哲学的同时，她还跟韩国师傅学习跆拳道。这时她听说过中国武术，但没有机会接触。除想近距离了解东方哲学外，一部日本电影也让她特别向往中国。这部电影讲的是一个小伙子在寺院里禅修的事。小伙子与师傅的关系特别让她感动，她特别向往师徒之间的那种感情，感觉离她很近，又很神秘。一次偶然的机会让她接触到武术，从此开启了她的中国故事。

那是中国武术队在欧洲表演，第一场演出的票已经售罄，她缠着翻译一定要进去，最后工作人员没办法把她带到后台。在后台她看见小和尚在那里跑来跑去，可那时她一句中文也不会说，没法与他们交流。这次演出后的第三个星期，这支表演队又来到奥地利，翻译还打电话邀请她一起吃饭，这是冬天。

练中国功夫让她找到了力量

第二年夏天，她只身一人第一次来到少林寺，并在那里待了三个星期学习武术，那是 1996 年。她说虽然练功很苦，但是她觉得精神方面特别快乐。

在诚曦第一次从少林寺回家时，她的父亲离开了这个世界。那时她心情很糟，不想再继续唱歌剧，尽管在莫扎特音乐学院学了三年歌剧。两个月之后，她又去了少林寺，这次她在那里待了一年。通过练功她慢慢找到了自己的力量，心情也好了起来。“中国武术博大精深。练武术是非常有价值的，它可以使人在精神方面得到提升，而不仅仅只是养身和防身。武术蕴含着哲学的思想。”她深有感触地说。回想起在少林寺的日子，她很感谢少林寺的师傅和朋友们，与他们在一起让她特别快乐。现在她更多地思考如何发展自己，怎么练功才能修心。她说，人一辈子都要修炼自己，要一步一步往前走。

其实，十几年前，诚曦在中国就已小有名气。她曾 10 次参加中央电视台《星光大道》比赛，与阿宝一起登上中央电视台的舞台。她得过周冠军，月赛第二名，年赛第四名，还跟电视台去了南京、云南、大连等地演出。2005 年她在北京音乐厅还参加过北京新年音乐会。2004—2006 年在北京的两年里，她一边唱歌，一边练功，一边了解中国的方方面面，那时她大部分时间与中国人待在一起，这些经历使得她对中国文化的理解更加深入精准。

从 1996 年算起，诚曦来中国差不多有 20 次，可惜她没能继续留在中国发展，而是返回了奥地利。没在北京待下去的原因是，在中国唱歌剧的机会太少，另外她放心不下在奥地利的母亲。“如果那时留在中国，可能现在会很有钱，名气也会很大。但是我要跟着我的‘心’走。”

最想了解中国人的“心”

诚曦现在工作的萨尔茨堡大学，学生有 1.8 万，研究中国的学者有几十个，与中国四五所大学有合作关系。1999 年萨尔茨堡大学成立了中国中心，两年前诚曦任中心主任。中心除了汉语课外，还有文化课，学生在这里有4个学期的学习时间。每年暑期还有两个夏令营：中国学生去欧洲参观学习4周时间；奥地利和德国学生来中国学习4周时间。每个月中心还邀请国际汉学家或中国学者等来做关于中国话题的演讲和讨论。

现在她还有新的计划。“我更多思考和比较亚洲国家特别是中国和西方国家世界观和人类观的不同，思考将来如何更好地与中国相处，毕竟中国的作用越来越重要，我们应该具备这个意识。我希望深入了解和认识中国文化，消除一种偏见，发扬一种理解精神。这方面我希望能找到对亚洲和中国真正了解的人，从哲学和心理学角度去分析和思考，现在还没找到合适的人选。研究一个东西，要从基本的方面去思考，一定要从根即哲学思想去思考。人的思想是基本的东西。”

诚曦最想了解中

国人的“心”。她说：“我一直追求了解人的‘心’。不要小看人的心，一个人的心会影响一个人的一生。我们不知道人有没有自由，这个问题没有解决。如果有的话，空间很小，有很多事情影响我们，有的话也被自己的心理状态控制了。在奥地利，人们还不够重视心理的影响，不承认心理的作用，其实是误解。如果真正了解自己的话，会发现根在哪里。如果能自由地决定自己的职业，会找到感觉，感觉从心开始。我认为，心是第一位，思想是第二位。我们的思想，会受心理影响。”

诚曦的中文是自学的，中文名字也是自己起的。笔者问她为什么叫诚曦，她笑着说，在中国，没有中文名字很麻烦，别人叫英文名字又挺别扭，尤里斯（“死”）、朱莉斯（“死”），都有斯（“死”）。“我在中国的第一个男朋友姓程，所以我中文名字的姓用了‘程’的谐音‘诚’，‘曦’意为‘早晨’，表示在中国的开始。‘诚’和‘曦’都好听，笔画多，写出来也好看。我希望自己做一个诚心诚意的‘人’。”

诚曦平时爱去公园练功，有人想拜她为师，可她说武术这个东西不是什么人都能学的，学不好会伤身体，所以她不敢随便教人。闲暇时她买一些有关中医的书来看，掌握穴位是为了更好地练功。诚曦的生活已经很中国化，见过她在元大都遗址公园跟中国教练学太极的人，无不佩服她那一招一式，不轻不重，恰到好处……

一个蓝眼睛北京人的胡同情结

文 / 吴星铎　雷宇虹

“献给孕育了中华古老文明的漫漫热土，献给所有希望安居乐业的人。”这是写在《为了不能失去的故乡》这本书扉页上的话。翻开这本书，你会被“留住北京之魂”“心在滴血”“请留下最后的老北京”等这样一篇篇饱含深情的文字所打动。

华新民近照

这本书的作者是华新民，散文作家，民间

古城保护人士。十余年来她致力于古都北京建筑文化遗产和整体人文环境的保护。她以笔为戎，奔走呼吁社会各界关注文化遗产保护，身体力行发动群众广泛参与文化遗产抢救。

华新民是一个蓝眼睛的北京人，她是胡同的守护者。当你看她的时候，会认为她是一个外国人，因为她有着欧洲人的面庞。但当你听她说话时，你会完全认为她是一个地道的北京人。对华新民的采访是在她的寓所中进行的，在袅袅的茶香与主人的热情中，我们走进了她的故事。

“我的摇篮在胡同”

“我 1954 年出生在北京东城区无量大人胡同 18 号院里。我可能是当时 3200 条胡同里唯一的蓝眼睛的‘洋娃娃’了。”

华新民开始讲述她与胡同的情缘。她认为自己并不是外国人，这不仅是因为她有着 1/4 的中国血统，更因为盛过她的那只摇篮，就放在一座有三千年历史的中国古都的土地上。

“当院子里粉色的芙蓉掉到我的脸上时，便传来了几百种声音，有蚯蚓一类的蠕动，有墙外像唱歌一样的叫卖。外貌是没有意义的，有意义的是我家的小院子，是我的小板凳，是我后来就学的史家胡同小学。所以我不单是中国人，是北京人，而且是胡同人。”

如今，当年生在胡同里的“洋娃娃”已经是一位女作家，一位胡同守护者，一位民间古城保护斗士。唯一不变的是那双蓝色的眼睛。也许是因为胡同里和小伙伴的嬉闹声还在耳畔，也许是院子里的游鱼还在心中穿梭，也许是丁香花的香味浸润了半个世纪的时光还弥漫在空气中，说起胡同里的童年时，她还是充满着温柔和眷恋。

三代人的中国心

纵贯南北的中国最重要铁路线之一——京汉铁路，贯通北京城东西的景山前街，玉泉水系的恢复，南城 20 世纪 50 年代建设的幸福村，复兴门外古朴简洁的儿童医院……这些竟然都与眼前这位蓝眼睛的北京人联系在一起，原因是，这些工程里凝结着她的祖父、

童年华新民和父亲母亲在无量大人胡同家里

父亲的血汗。

华新民的祖父华南圭是一个地地道道的中国人。他是京汉铁路总工程师、天津工商学院院长、北平特别市工务局局长、世界语的首位传播者、民主思想的践行者。1904 年，华南圭作为清廷官派留学生留学法国，1910 年毕业于法国公益工程大学。

在法国这个浪漫的国度，华南圭不仅在学业上取得极优成绩，还在法国结得良缘，认识了和他携手一生的波兰姑娘——华罗琛（Stephanie Horose）。归国后，华南圭编写了中国第一部铁路工程教材，还任京汉铁路的总工程师，为京汉铁路的运行做出了重要贡献。1911 年，他翻译了《法国公民教育》。这本书深入浅出地介绍了公民的义务、国家的责任、国家与公民的关系，并于 1912 年在中国出版，成为从西方引进的最早的公民读本。

华新民的祖母华罗琛的专业虽然是植物学，却对文字情有独钟。到中国后，她过起了文学家的生活——在家里举办文化沙龙、文学聚会，并且用法语写成了《女博士》《恋爱与义务》《她与他》等小说，在中法两国都颇有影响力。琴瑟和鸣，其中有些作品由华南圭亲自翻译成中文。《恋爱与义务》被改编成电影，由著名演员阮玲玉出演，红极一时。

华新民的父亲华揽洪是一位优秀的建筑师，在法国就学时，结识了有波兰血统的法国姑娘华伊兰（IreneHoa）。1951 年，在执业多年后，他毅然回国投身到新中国建设的洪流中。复兴门外的儿童医院就是华揽洪的作品之一，整幢建筑古朴大方，青砖、飞檐，处处透着中西建筑结合的神韵。他发表文章，主张以人为本的建筑设计思想，至今影响着建筑界。

华新民的母亲华伊兰来到中国也很快爱上这片土地，主要从事国际广播电台法语节目工作，奉献着她的一切。

祖父、祖母、父亲、母亲以及自己，三代人都有一颗火热的中国心。华新民，就出身在这样一个家庭里。

“我爱中国，和国籍无关”

“一个人属于哪里，和长相没关系，和国籍没关系，和童年、

华新民在新鲜胡同试图保护桂公府跨院

少年在哪里度过有关系。童年在哪里度过，就是哪里的人。其中也因为和周围的人和物都有了一种心照不宣的默契。虽然我现在是法国籍，但我认为我是中国人，是北京人。我爱中国，我爱北京，和国籍无关。”华新民这样说。

1976 年，22 岁的华新民随家人去了巴黎。青春如火的年纪和浪漫之都让她迸发出许多新奇的想法。

“在巴黎，我感觉一切都很新奇。在街上看到的新鲜东西，我都会情不自禁地想，如果把它介绍到中国该多好。那时候在工作之余，我很喜欢在咖啡馆坐着写写画画，写我的见闻，甚至想从混血儿的角度来写一部小说。”可是这样的新鲜感持续了几年之后，她就开始想念北京，就像一个异乡的游子，终究是想回到故土。1986 年，因为丈夫的工作调动，华新民得以回到离家较近的香港，那时候的她已经是两个孩子的母亲。香港的繁华、忙碌让她看到了祖国的另外一面，一切对她来说都那么新奇。可是，渐渐地，她对北京的思念又慢慢地蔓延。

香港的熙熙攘攘、车水马龙不禁让她想念那个安静的老北京：听得见鸟叫，看得见一片片树荫，少了汽车喇叭的尖叫和机器无休止的轰鸣。

“在香港，我和女儿在喧嚣的街上说话都要喊，这让我愈发思念温馨的老北京。于是我就和丈夫商量，既然公司需要你负责大陆的业务，为什么不将办事处移到北京呢？于是在香港住了两三年之后，我终于回到故乡。”

“房主人不得入内”

也许是果郡王的王府，也许是某个驸马的宅院，也许是某个名人雅士的府邸，也许只是小小的平凡人家，都随“拆”字发出哀鸣。

回到北京之后，华新民渐渐觉察出北京的异样：胡同里的私有四合院被外人占用，包括她祖父留下来的无量大人胡同 18、19 和 20 号院；一些胡同正在机器的轰鸣声中碎成一片瓦砾。华新民痛心地说：“这个‘拆’字是对北京的亵渎，也是对人的极度不尊重。”从 20 世纪 90 年代开始，华新民就走上了她的胡同保卫漫漫长路，那时候西单的胡同开始拆除，她以为只是小规模的拆除，没想到一把巨斧早已悬在北京城的大部分胡同之上。

无量大人胡同宅院是华新民的祖父华南圭亲自设计建造的，那不是一个典型的四合院，而是融合了中西方建筑的精华，著名女作家韩素音写道：“人们可以听见大门开启和脚步斜穿花园小道的声音。花园里种着丁香、玫瑰丛和紫荆花，这种花在晚春盛开，颜色深红耀眼，一个大瓷缸里游着金鱼。”

这样一个院落在 20 世纪 70 年代被人侵占，一个无形的“房主人不得入内”的牌子挂在他们的房前，让他们看上自己的房屋一眼都难上加难。

父亲华揽洪退休在巴黎休养，也念念不忘家里的祖屋，委托自己的女儿华新民向房管局要回，却一直未果。一个硕大的“拆”字也被写到了这座院落的墙壁上。

华新民这样说道：“以前帮助别人保护自己的房屋，为他们呼吁，可到了这个事情落在自己头上时，总觉得不可能。直到现在，我都觉得像做梦一样。”

华新民在呼吁保护胡同的过程中见到许多同她一样“房主人不得入内”的人。

在南池子附近，有一位同她一样的四合院主人，在“文革”时期有一半的院子被外人侵占。直到现在，主人想要看一眼另一半宅子也只能趴在墙头望一望。

2005 年，华新民出生的地方被拆除了。

留住北京之魂

正如《为了不能失去的故乡》这本书从第一章“留住北京之魂”、第二章“为了不能失去的故乡”到第三章“以法律为武器”一样，华新民对古城的保护，也是经历了一个由感性到理性的阶段。

这些年来，她花费心血却只能眼睁睁看着胡同的瓦片一片片碎落，一座座古宅从地图上消失。可是她一直在守护着北京仅剩的那些胡同，为故乡最后的记忆战斗着。如今华新民也和年轻人一般每天发几条微博，不同的是，她的微博都是有关老宅保护的。与刚开始从事老宅保护时感性的文章不同，如今她的微博更加理性，用法律来保护古城，她也会经常办关于古城保护的一些讲座。

华新民说："很多时候我的讲座性质就是给大家普法和普及历史常识，让社会清楚老宅的权利，无论是文化层次，还是产权方面。"

在华新民的古城保护之旅上，也有经过努力成功的案例。"但是这些努力所得的胜利特例中，都是因为建筑的精美而得以保存，而非产权因素。"华新民说，"其实我认为，第一位考虑因素应该是人，是老宅的主人。我希望让所有人了解，拆胡同本来就是对主人的蔑视，是对法律的不尊重。最好的古城修缮方式就是让主人自己修缮，让古城保留原有的面貌，也同时留下一个个家族的历史积淀和深深的情感，要让民众安居乐业。"

这些年来，华新民致力于古都北京建筑文化遗产和整体人文环境的保护，归根结底，是她内心深处对这片出生土地的情感，在她看来，这种情感是不能用钱来估量的。这些胡同是北京的魂，只有守住了胡同、守住了古城，才守住了不能失去的故乡。

“混血”大学成长记

——访上海纽约大学美方校长杰弗里·雷蒙

文 / 左娜

“茁壮成长”的上纽大

上海纽约大学（以下简称上纽大）美方校长杰弗里·雷蒙（Jeffrey Lehman）用“振奋人心”一词形容即将过去的马年。

“要说 2014 年印象最深的事情，那就是上纽大搬进了新校园！所有学生、教职员工、行政管理人员都非常兴奋，我们终于有了自己的‘新家’！”

2013 年下半年，上海纽约大学迎来了第一届学生，由于校园还在建设中，师生们此前一直在华东师范大学租来的临时教室上课。2014 年初，校园建筑完工，8 月，上海纽约大学正式搬入位于浦东陆家嘴的新校园。与国内常见的大学不同，上纽大教学和办公都在一栋15层高的大楼内，建筑面积达6.5万平方米，由此获得了“垂直大学”的雅称。

杰弗里·雷蒙（JeffreyLehman)，上海纽约大学美方校长

“这种感觉非常奇妙，就像看着一个初生的婴儿开始蹒跚学步一样。2014年我们不仅有了新家，还迎来了第二届学生。第一届学生本来是学校的‘独生子女’，现在有了学弟学妹，这些孩子突然意识到自己的新责任，因此他们都尽心尽力帮助新入学的同学。这一年里，整个学校都发生了有趣的转变，很多工作都是第二次展开了，这感觉很不一样。总之，我们逐渐成长起来，不再是个‘小婴儿’了！”

有了新校园、新学生，“喜气洋洋”的上纽大羊年有望看到更多全球各地的专家学者加入教师队伍。

“最近我们刚多了一个新朋友，他是来自巴西的一名优秀教授。上纽大的教职员工非常国际化，差不多一半是美国人，有来自康奈尔大学、西北大学等名校的，还有美国国家科学院的成员。同时还有来自英国、以色列、俄罗斯、法国等国的教授。我们很幸运，因为上纽大是世界顶尖大学——纽约大学的一部分，又坐落在国际大都市上海，因此吸引来了很多好教授。本是美国纽约大学的教授，现在搬到上海来了。”

上纽大对海外华人学者也有着独特的吸引力。“康奈尔的陈兼，是研究中国近现代史的顶尖历史学家，他曾主动打电话给我，问上纽大需不需要他过来。西北大学的陈宇新教授也在上纽大成立后就来了，美国那边让他回去他都不愿意，说在上海很开心。他们都是在中国长大的，但已在海外多年，上纽大为他们提供了回到故乡的机会，所以这样的海外华人应该也是我们的重点发展对象。”

科研则是新年另一个重点“攻关对象”。“实际上，我们现在已经有了一些很棒的研究所，比如 2014 年 11 月成立了由诺奖得主罗伯特·恩格尔执掌的金融波动研究所，此外还有神经科学、数学、计算化学研究所……”

“在新的一年，上纽大还将继续建立新的研究所。目前，我们正与华师大一个国家级量子物理重点实验室展开合作。现在数据科学非常重要，所以量子物理研究将是新的发展方向。希望今年上纽大在国际学术界的影响能大大增强！”

慢慢来，一步一个脚印

“现在已经有澳洲、日本、欧洲的高校开始联系上纽大，想要谈合作。但是我的回答是‘请给我们一点时间缓一缓！’”

挂着儒雅微笑的雷蒙看上去总是从容不迫，他说自己是个永远满足，但也永远不满足的人。“这几年来上纽大进步很快。但我们总想着有哪些地方可以改进，怎么才能把事情做得更好。我认为先一步一个脚印，不急于求成，也是追求完美的一种方式。”

2015年，上纽大还是保持原来的步调，并不打算扩大招生规模。“目前我们还是只有300个学生名额，其中151个是留给中国学生的，其他则是来自世界各地的学生。中国有那么多非常优秀的学生，而我们仅仅只有151个名额，这说明我们不得不拒绝很多优秀的候选人，而他们则会流向中国、海外的其他顶尖高校。虽然我们很希望为优质生源留出更多的位置，但需要说明的是，为了保证教学质量，上纽大现在必须以‘稳健发展’为主，我们还需要一些‘呼吸’的空间，所以今年的招生规模还是保持不变。但希望随着进一步的发展，明年的招生能扩到400人，后年到500人……”

说到招生标准，雷蒙对现在的招生情况很满意。“我们不仅要求优秀的高考成绩，还会用很多其他的标准全面衡量学生的综合素质，包括语言能力、领袖潜能、处理多元文化的能力。所以，可以说按现在的招生标准，我们招到的都是‘高分高能’的孩子，不仅有考试得高分的能力，综合素质也很高。我对目前招的这些学生都很满意，因此 2015 年也会延续这种方式。”

雷蒙为他的学生们骄傲，即使说起目前的就业难题，他也信心满满：“雇主从一开始就对我们的学生很感兴趣，很多公司都跑来谈实习的事。”

上纽大从成立伊始就成立了就业指导中心，召开求职技术研讨会，探讨面试技巧、怎么写简历、如何找实习等等。“我们希望学生都为职场做好准备。实际上到哪儿去工作、读研，跟怎样选择大学一样重要，关键是要找到适合自己的。与你的能力、梦想、性格适配度最高的才是最好的工作。我希望新的一年能在这个方面更努力，教会学生如何做正确的选择。”

“2015 年，‘通识教育’将会是中国高等教育界的热词”

“作为一个‘通识教育’的‘信徒’，我很高兴去年有很多中国顶尖高校请我去讲‘通识教育’，讲怎样培养创造力。2015 年，‘通识教育’将会是中国高等教育界的热词。去年是重要的一年，高考改革等实验性的进程开始继续进展，2015 年很多事情都会加速前进。”

在中国从事高等教育的雷蒙敏锐地感受到，中国现在已经做好准备迎接“通识教育”。

很长时间以来，中国缺乏建立世界级的高等教育体系的资源。改革开放、经济腾飞提供了财政上的力量，建造了像上海纽约大学这样真正世界级的高等教育机构。有了这些条件，中国自然会与国际顶尖教育理念接轨，准备建立真正的“通识教育”体系。

“通识教育”是什么？为何如此重要？雷蒙的回答是：它是一个合格人才最基本的素质！

“我们看 Facebook、Google 的人才，他们都不仅仅是只能干几件专业上的活儿，而是有很多别的领域的知识、见解，他们把这些想法带到工作中，为解决问题提供新的角度，所以才能够创造奇迹，改变现代生活。再看世界 500 强的 CEO，几乎都接受过‘通识教育’，他们的专业是哲学、历史、数学……没有谁大学一开始就学商。”

“人们曾错误地认为，‘通识教育’就是广泛教育，不‘实用’。错！‘通识教育’是一种教育方式、学习方式，来帮助学生学习怎么冒‘知识风险’，让学生用批判性思维有深度、有广度地思考，从而孕育新的想法。它与专业学习并不冲突：你可以学数学、神经科学、化学……但我们在专业领域往深了学的时候，‘通识教育’

保证你不是一个很狭窄的人。”

“优秀学生都不仅仅想得到一个工作，而是希望成就一番事业。从22岁毕业，到退休，中间有很长的一段时间。如今技术发展日新月异，‘窄’的专业技术更新换代得非常快，人们需要的是更高层次的知识，也就是‘通识教育’来帮助你面对变化。”

2013年7月雷蒙的著作《乐观的心》在京首发，而今他还在筹备下一部著作。那2015年中国读者会不会看到他的新书呢？“这个正在进展中，但现在还不知道是否能在羊年问世。不过可以先透露一下新书书名，叫《跨国精神》！”

我的旅行心愿单

文 / 苏莉

中国有句古语：读万卷书不如行万里路。对我而言，旅行不仅如中国圣贤所说，是一种学习方式，更是一种生活。能到更多的地方，见识不一样的风景，一直以来就是我最大的愿望，因此每年我都会做旅游规划。在中国农历羊年到来之际，我一边总结着去年的旅行成果，一边开始将更多的目的地添加到我的羊年“旅行心愿单”里面。

中国是一个旅行者的天堂。在中国旅游特别方便，所以人们经常出去旅游，无论是商务旅行还是度假。原因很多：发达的旅游业，旅游的低成本，可接近性，连接中国大多数城市的高铁以及令人惊叹的美景。此外，因为中国位于东亚，方便的地理位置让更多的人很容易去泰国、越南和韩国等国家旅行，这些国家，费用便宜又魅力十足。

对我来说，学习别国的文化、历史和语言，拓宽自己的视野，品尝美味的食物，回答了“人为什么要旅行”这一问题。旅行与从书中了解某地是完全不同的。

自从我第一次来中国，我已经去了很多的地方。在江西的景德镇市我亲眼目睹了精美瓷器的制造过程。在福建省我有机会品尝武夷山大红袍茶，味道丰富、颜色鲜亮。在我在中国留学和工作的4年之内，我参观了哈尔滨冬天的童话——冰雪世界，我漫步在香港的迪士尼公园，也在深圳钦佩中国经济的奇迹。旅行于是引起了我极大的兴趣，2014年，我在中国国内外的旅游经历更加丰富了。

2014年的旅行是从阳光明媚的泰国开始的。从春节期间雾霾之中的北京到白沙滩的天堂只有约5个小时的飞行。我住在一个很安静的小岛，叫作Koh Chang，中文翻译是象岛，在海边一个两层楼的宾馆，可以享受平静的海浪声和雄伟的泰国日落。晚上沙滩很热闹，当地的海鲜烧烤厨师把他们的美食摊位全都摆在沙滩上。由于游客多来自说英语的国家、俄罗斯和中国，所以商店和餐馆的招牌都是用这三种语言写的。

看够了大海和自然的风景之后（如果能看够的话），我在早春时节，前往满是摩天大楼的上海。这不是我第一次来上海，但却是很特别的一次。我来拜访我的朋友，却特别幸运赶上了一个艺术作品展览。这位艺术家是来自日本的八十多岁的草间弥生，他的作品享誉世界，给人启迪。

我非常喜欢美丽的海滨城市。我列表中的下一个是新兴的大连市，位于辽宁省，中国的东北边。大连被称为中国时尚之都，确实名副其实。干净整洁、拥有大片的绿地。但工业化进程无法逃避，最近几年商业高层建筑如雨后春笋，集中在市中心。此外，大连的旅顺口区在中国具有历史意义，以前它是三个国家，俄罗斯、中国和日本的衅端。而且，由于大连离俄罗斯不远，这里有很多俄罗斯游客和俄式餐厅。

继续沿着黄海“航行”，国庆节假期我去了韩国。我先坐飞机到了首尔，然后花了4个小时坐快速列车到韩国第二重要的城市——釜山。每年釜山都会举行釜山国际电影节。我有幸出席电影节的开幕式，来自韩国、中国、日本，甚至有些西方国家的明星出现在红地毯上，自豪地展示着他们耀眼的服装和无与伦比的微笑。对我来说，首尔就是一个满是玻璃高楼的大城市，一个购物天堂，尤其是化妆品，我也买了些化妆品。去韩国，应该参观韩国和朝鲜的非军事区。到了这个地方以后，可以参观博物馆和观看关于两国紧张关系的电影。

我2014年的最后一次旅行是去山东省曲阜市，孔子的出生地，他是一位伟大的教育家、政治家，也是世界的文化形象。这次旅行让我开阔眼界，学到了很多知识。除了参观名胜古迹，品尝当地的美食，我认识了曲阜国学院院长。这个学院 2014 年 3 月才建成。学院宽敞的教室适合学习茶道、书法和古典学说。每年许多国内和国外的游客来曲阜参观儒家起源的地方。

我的 2015 年从一次难忘的旅行开始，我来到了陕西省西安市。秦始皇为这个城市带来了声誉，秦始皇建了兵马俑，好在他去世之后保护他，现在成为了世界文化遗产。西安历史悠久，我觉得在西安人民的脸上可以看到他们对这个城市伟大历史的骄傲感。而且，中文最难写的汉字𰻞，一种特殊的面条名称，也起源于西安。但是外国人去西安应该注意，有的宾馆不允许外国人预订房间。所以预订宾馆的时候，要把这个问题搞清楚。

即将过去的马年里，我收获了丰富多彩的旅行经历。现在，我

行走在古城西安，我觉得在西安人民的脸上可以看到他们对这个城市伟大历史的骄傲感

已经做好了羊年的旅游计划。春节的时候我打算去越南欣赏美丽的自然风景，去青岛漫步、去吉林爬长白山。在我看来，旅游是一种生活方式，如果你生活在别国，那么你自然就是位旅行者。为了更好了解世界，你需要沉浸在文化中，在景点漫步，跟当地人交流以及倾听。因为百闻不如一见。（原文为英文，由作者俄罗斯留学生苏莉译为中文）

中华文化的“架桥人”

——访捷克汉学家李素

文 / 陶红

当今，中国同世界的关系发生了历史性变化，中国需要更多地了解世界，世界也需要更多地了解中国。因此，促进不同民族之间相互理解，文学翻译家扮演着“架桥人”的角色。来自捷克的李素就是这样一位“架桥人”。

两度来中国学汉语

在文化部和中国社科院主办的“2014 青年汉学家研修计划”活动上，李素总是带着问题聆听专家学者的演讲，并不时提出问题与演讲者交流。看得出她是个“中国通”。

毕业于捷克帕拉茨基大学哲学院中文系的李素，曾在中国留

捷克汉学家李素在书房

过两次学，第一次是1995年在北京语言学院学习汉语，第二次是2003年至2007年在北京大学攻读现代文学专业。现在布拉格查理大学远东研究所教文学阅读和翻译。

近几年，她主要从事文学翻译并在维索纳出版社做一些文化项目，给捷克读者系统地介绍中国现当代文学作品。目前出版的翻译作品有：张爱玲的《倾城之恋》《金锁记》《茉莉香片》《色戒》，沈从文的短篇小说集，残雪作品集《黑暗灵魂的舞蹈》，阎连科的《四书》，苏童的《妻妾成群》《红粉》和《罂粟之家》以及余华的《活着》。

喜欢不同的中国作家

上高中时，李素开始对中文感兴趣，之前她学过俄、英、法、德文，最后对一个和自己的语言体系很不同的语言产生了兴趣。她希望中文能帮助她打开眼界，帮助她对这个世界有一种新的认识。

李素主要翻译小说。“决定是否翻译一部作品，首先要看这部作品是否足够感人，语言上是否给读者以新鲜感。”她说，“译者是作品在他国的第一个读者，译者如果不迷恋这部作品，如何能够真正地把这部作品的精髓传达给他国读者？翻译除了理性或科学的一面，也有其感性的一面。”

李素学的是现代文学，她非常喜欢张爱玲和沈从文的作品，她认为他们两位虽然是很不一样的作家，一个写都市，一个写乡村，一个尖锐冷漠，一个温暖博爱，但本质上他们的共同点就是以自己独特的风格和微妙的语言表述了当时中国不同角落的故事，并且观察很深刻，也很真实。她也很喜欢汪曾祺的作品，目前没有翻译，是因为她担心捷克读者的接受能力，她希望以后可以翻译。阎连科的《四书》也是她非常喜欢的作品，她说：“这部作品或许无意识地说明了20世纪几乎全世界所处的困境，我认为他的思考超越了中国本土，称得上是对人类的贡献。这样的作品在当今世界非常罕见。”

“如何将中文有效地翻译成自己的母语，最大的困难和挑战还是语言方面和解读方面的问题。我不赞同翻译领域中存在绝对正确或不正确的答案，‘对错’的看法其实是某些学派的问题，文学当中没有绝对的真理。翻译毕竟不是作业，林纾可以作为这种现象很典型的例子。对具体表达有深层的理解是很重要的。”

扩大捷克公众了解中国文化的渠道

在谈到中方为国外翻译家提供一些帮助或交流翻译空间时，李素说：“相关的帮助性举措正在实施并且将长此以往地延续下去。专业的文学翻译者的生活条件并不太好，他们其实不是为任何利益去从事文学翻译，而是因为特别喜爱文学，希望把自己从文学中吸取的认识、感受、领悟、灵感传达给读不了原文的读者。世界上有条件的国家都会资助本国的文学在国外的翻译，中国也不例外。”

她说，虽然中国为自己的文学作品在外的翻译工作给予了一定支持，但就目前来看，在捷克，公众能了解中国的渠道还很狭窄。对大众来说，接触到的信息大多涉及经济与政治。媒体报道基本上也就是中国从改革开放以来经济发展的成就以及发展所带来的问题；政治方面不必多说了，而且这两方面因素还经常纠缠在一起。知识界、文化界或读书界有点不一样，渠道多一些，有文学译本、美术、电影、音乐、戏剧、新媒体艺术等。为了能够更多地了解中国，李素表示，很希望官方举办的文化交流活动继续扩展，一些民间文化交流项目也继续发扬光大。国际性的活动如美术展、电影节、戏剧节等都是很好的交流平台。

李素与其他汉学家进行交流

回顾中捷之间的文化交流，李素认为，中捷文化交流的高潮大概在20世纪五六十年代，在当时的社会主义特殊情况下发展得相当繁荣，但时间比较短暂。后来，中捷文化交流深受中苏关系恶化以及1989年后两国选择的不同发展道路的影响，举办的活动很少，而且在大众社会没有明显的反响。基本上可以说，只有中国文化爱好者才会关注。好在这几年在捷克举办的中国文化活动，包括音乐演出、歌剧、文学作品出版等逐渐开始多起来，尤其是音乐和文学活动。民间的文化交流也越来越多，这是非常好的现象。

在谈到希望中国如何发展时，她说："希望中国成为不仅对中国人民负责任的国家，为其人民生存保证良好生活环境的国家，也希望成为一个对全世界负责的大国。国家实力越强责任越大。"

在结业仪式上，她说："今天不是我们的告别，而是将来学术交流的新开端。”增进彼此的理解和认识，这样的交流活动应该经常举行。毕竟中国经济的飞速发展带来了综合国力的快速提升，促使全世界都希望认识中国、了解中国，中国在世界上产生越来越重要的影响。中外学者的充分交流，可以更好地理解彼此，更好地处理分歧，避免误会。

走出森林的建筑师

文 / 吴星铎　张贺彦

戈建，建筑师，来自比利时。

采访尾声，他拿出一个长管状的乐器为笔者一行展示演奏。用“震撼”两字形容听感一点都不为过。如阳光洒进森林，如大地震动，

戈建接受《国际人才交流》杂志记者专访

如小鹿奔跑，如狮王相争，如小狗哀鸣……笔者开玩笑说第三季《我是歌手》如果请戈建去演奏这个乐器，一定会为节目增色不少，请他的歌手名次一定靠前。

戈建在纸上写下这个乐器的名字：Didgeridoo——迪吉里杜管。这是一种起源于澳大利亚土著人的长管状吹奏乐器，一般是截取1至2米的桉树制作而成的，这些桉树并不是实心的，其内部已被白蚁扫荡一空。在演奏该乐器时，通过嘴唇的颤动，再加上运用循环换气技巧，能够制造出天籁般的回响效果。

少年时期的戈建，酷爱旅游，他当时就是靠动手制作迪吉里杜管挣钱旅行的。如今，这个伐木做乐器、动手盖树屋的戈建，已经成为行业知名的建筑师，在北京拥有了自己的建筑事务所，从北京西长安街永定河桥，到平遥古城南部规划保护，从国家大剧院内部结构，到法国大使馆控温玻璃幕墙，都凝结了他和他的团队的心血。

采访在他的建筑事务所进行，这是一个老北京的四合院，清幽，雅致。戈建靠在沙发上，讲述着他的故事。

“森林教给我很多东西”

“一切都是从我的家庭开始的，我父母都是旅行者，从小就带着我们去旅行。去各个国家旅行已经成为我们家的一个文化。”在中国已经生活 20 年的戈建，说着一口流利的中文。

戈建的家族是一个热爱“走出去”的家族。他的家族亲人遍布在世界的很多地方，像欧洲、北非，加拿大、澳大利亚、日本、约旦等等，他们有着不同的宗教信仰，有基督教、天主教、伊斯兰教，还有佛教。母亲的家族说荷兰语，父亲的家族说法语，出生在瑞士、长在比利时的戈建，从小就梦想到外面的世界去。

“我是一个农村人，乡下人！”戈建诙谐地说。他小时候是在瑞士和比利时的山区长大的，对森林有着一种特殊的情感，最喜欢和小伙伴们去逛森林，几乎每个周末都会去。那里有山有谷，有水有河，有老火车，有隧道，还有桥。“这给我带来一种空间感。家乡的隧道和桥，让我从小就接触并喜欢上建筑。”戈建说。

在 10 岁的时候，戈建和 3 个小伙伴在森林里盖了一个树屋，“它是我们的城堡，我们以城堡为根据地，采蘑菇、摘水果、钓鱼、做饭。”

森林对于戈建来说，意味着很多：“森林会教给我很多东西：自然，季节，花草，鸟兽，人与自然的关系，人的创造性等等。弓，自己造；房子，自己建。”

森林就如同戈建在迪吉里杜管曲子里展示的一样，神秘、广袤。森林赐予了他思考的智慧和一双创造的手。

从喜马拉雅的眺望到横穿中国的旅行

早在戈建 8 岁的时候，他的家人买了一条中国地毯，典雅精美，这大概是戈建对中国的最初印象。

出生于一个热衷于“走出去”的家族，让少年戈建也爱上了旅行，用他的话来说，就是“寻找地球感”“一种享受自由，没有国界的感觉”。15 岁的时候，他成了一个在路边竖大拇指搭顺风车的背包客，走了 300 公里左右，从比利时，一直到达西班牙最南边。16 岁，他去了欧洲的最北部，芬兰和挪威，体验极昼。

17 岁，戈建到了亚洲，他在印度工作了一年，在孟买和朋友挤在一个 30 平米左右的房子里。接着，他和一位英国工程师骑着马，用 15 天穿越了喜马拉雅山：“我当时在边境线上眺望了中国。”

戈建下决心要到充满神秘色彩的中国去。他在父亲的影响下，选定了一个心中的目标：美丽的西部城市——喀什，他选择从北京出发，横穿中国，到达心中的目标。

1995 年，19 岁的戈建第一次踏上了中国的土地。

刚到中国，就打破了戈建从之前看的关于中国的书中得到的中国印象：“我的印象是，中国人着装特别传统，要么是黑要么是灰，人们也保守内向。当我一下飞机，看到人们五颜六色、缤纷多彩的服装，还有人跟我打招呼，问我从哪里来的，让我有种温暖的感觉。”

另外一个印象是“中国真大啊”。中国城市的比例跟欧洲城市相比，差别很大。一次，戈建要去邮局，从地图上看感觉十几分钟的路程，却走了将近一小时。他才了解了北京这个城市的比例尺度。

在北京待了一周后，戈建出发前往心中的喀什。他从北京辗转经过河北、河南、陕西、甘肃、青海，然后从青海到嘉峪关，从嘉峪关再到吐鲁番。他从吐鲁番坐了两天两夜的车，终于到了喀什。

旅途中，他遇到的许多中国人，和他成为了朋友。他跟当地人一起聊天，学习中文。他发现中国文化很深，决定继续学中文，研究中国的文化。目前戈建的中文水平相当了得，以至于如果你闭上眼睛会觉得是一个中国人在跟你说话，他甚至写过一篇关于甲骨文和楔形文字的论文。

在北京的四合院里搞建筑

看起来，10 岁动手盖树屋的戈建成为建筑师是一个顺理成章的事，但事实上，高中时期，他的梦想是当一个画家，18 岁的时候，当他看到一些建筑师在一个庙宇前做测绘，重燃心中的建筑梦。“你知道，建筑是一个综合的学科，艺术也是建筑的一部分。”于是，戈建开始着力让自己成为一名优秀的建筑师。

2001 年，当听到北京将举办 2008 年奥运会的消息，怀揣着建筑师梦想的戈建不甘于只待在比利时从事建筑事业，他认定这对他来说是一个机会，他决心去中国做奥运会的项目。

他再次踏上中国的土地，准备在深圳找一家单位工作。但他却被深圳的那家单位拒绝——这是一个善意的拒绝。当时那家单位的负责人语重心长地对戈建说："你好像喜欢中国传统的部分，那么深圳不是很合适你，你要到北京去，那里有你更需要的文化氛围和语言环境。"当时的戈建有点"生气"，但是后来他非常感谢那家深圳公司的拒绝，"如果他们当时同意，那么现在的我肯定不会在这个北京的四合院里搞建筑了。"戈建笑着说。

在北京，戈建参与了国家大剧院内部结构的设计。这样工作两

戈建（右一）和家人在一起

三年后，戈建决定自己创业。

“我到中国来，没有给自己任何时间限制，没有决定待几年。想买一个镯子，我就买了。想找一个四合院改造，我就改造。我一直没有要走的想法。这个心态让你可以做很多事。如果你一直有‘我在中国只待一两年’的概念，很多事情你不会去做。”这种精神态度让戈建扎根在中国，扎根在了这个北京的四合院里。

在戈建看来，在中国他可以做很多研究，可以有很好的发展。他觉得：“中国是一个研究平台，而且一直有往前走的感觉。欧洲比较老，没有这种活力。作为一个年轻人，我更喜欢中国的这种活力。”

2007 年，戈建开始着手开公司。那时候他和妻子还生活在有十几户人家的一个大杂院里，他的邻居是一位律师，为他办公司帮助了很多。第一次成立公司是在崇文门，一直到 2014 年才搬到了西四。

从 2007 年创办公司到现在，他们做的项目质量越来越高，重要性也越来越大。“我们一直追求质量，这带给我们很多麻烦。如果你想做好，环境不提供那个条件，那么我会做一个痛苦的选择，就是不做。有好的条件，好的甲方，有需要研究的项目，我们再做。”这种坚持很快给他们赢得了口碑。

戈建非常重视创新精神：“因为在中国你不是灵活的人，你就发展不了，必须改变自己，一直要创新。我们把建筑和规划一起做，把景观和建筑结合在一起，把节能概念也很早就融在建筑里面。”

戈建为我们分享了两个令他感到很自豪的案例。一个是平遥古城南部规划保护。他特别提到说：“通过我们的规划，救了两个原本要拆掉的古堡，这让我很欣慰。”另一个是正在规划中的北京西长安街永定河桥，在首钢的旁边，这是一个钢结构的斜拉索桥。它是以“人”字的象形文字设计的，就像人迈开的脚步一样。也许在2020年的某一天，我们就能走在这座永定河桥上欣赏风景了。

“建筑应该与环境、文化、人进行对话”

戈建为我们分享了他的建筑理念。

他认为，建筑首先肯定是服务于人：“如果你的建筑跟人沟通不了，就不算建筑，只能算雕塑。”

“建筑师不能只当建筑师，必须了解社会，了解政治，了解经济。”戈建说。比如大剧院，不仅是建筑，还涉及到法国和中国文化交流；再如节能系统，不只是高科技，还涉及到世界主义、节能主义等；再如景观桥，新城和古城之间的路口，不仅仅是建筑景观，这体现了人与环境、环境与人与文化之间的关系，所以建筑设计师的责任是重大的。

“对于农村长大的我来说，一直喜欢自然，小时候看城市，很漂亮，可以站一两个小时都看不累。但是当我现在在城市里，舒适的感觉越来越少，建筑规范和城市规划规范越来越倒挂。作为建筑设计师，应该考虑更多人性的东西。在欧洲，设计师特别尊重人，注重人的研究。”戈建说，这方面他受到著名建筑师路易斯·卡恩（Louis Isadore Kahn）的影响，“卡恩是我的‘太师傅’‘师爷’，是我的老师的老师。”戈建说，在他看来，卡恩做的建筑让人感觉很自然，“像是从这个地方长出来的似的。这种协调的美，有时候会让人感动得流泪。”

优秀的建筑设计师要能够把一个地方、一个场所的所有元素，可能是政治、文化、人合在一起，重新表达出来。环境、气候、当

横穿中国之旅，戈建（右一）和朋友在青海

2008 年，戈建在平遥古城与平遥站末棒火炬手点燃圣火盆

地特色、地方地形、资源、交通等都非常重要，这些因素必须全面考虑才能创作出一个好的建筑。所以，环境、人、建筑、文化是有一个互相的交流的过程，但是现在很少有建筑师能够做到。“每个建筑必须是不一样的，因为它有自己的地域文化。对我来说，我们的建筑没有所谓的风格，只能是有地域性。如果尊重这个原则，就有机会做好建筑，尊重一种文化。”戈建说。

戈建主张，要做就做“当代建筑”，他解释说：“当代文化，当代建筑，是当代而不是现代。现代是从欧洲的上世纪 20 年代，或者俄罗斯的三四十年代的建筑开始。而当代没有时间点，指的就是现在。现代建筑离开了环境，等于是不包含文化、地方、气候和当地人需求的标准化建筑。当代建筑则不同，建筑师应该要有表达当代的机会,如果当代这部分建筑缺失了,那就是一个历史的断层。”

“每个城市的特色不一样，怎么挖出来各地的建筑本质，这是一个漫长的工作。”戈建说。阳光透过玻璃窗，洒进了这个四合院里的装修别致的办公室，洒在这位比利时建筑师的脸庞上。

瑞典大使“变形记”

文 / 吴星铎　万晓璋　王晓静

音乐婉转，舞步婀娜。

芭蕾舞剧《过年》，第一幕，第二场，一个惬意祥和的中式客厅。

除夕之夜，一位外国友人来到了团团和圆圆的爷爷家做客，共度春节。团团和圆圆是一对可爱的表兄妹。外国友人将胡桃夹子作为新年礼物送给了可爱的圆圆，孩子们拿着胡桃夹子听外国友人讲解它的用处，而淘气的团团却趁机将胡桃夹子抢到手中，圆圆又气又急，百般周折才夺回心爱礼物。

这出芭蕾舞剧将中国文化元素与西方古典芭蕾音乐相融合，用舞蹈演员们的脚尖、身姿、舞步诠释了中国家庭欢度传统春节的故事。剧中的外国友人虽然不需要像其他演员一样翩翩起舞，但他送给孩子的礼物——胡桃夹子，却是全剧的重要线索。而这位外国友人，是一位地地道道名副其实的外国友人，他便是瑞典驻中国大使——罗睿德（Lars Peter Fredén）。

瑞典驻中国大使罗睿德在大使官邸书房

大使本尊：瑞典大使的炼成

“我代表我的国家和瑞典的‘普通人’——尽管我有时也会想，当一名大使是一件很神奇的事儿，但是事实并非如此。当然了，我的职责会为我打开很多有趣会议及文化经历的大门，做其他工作可能不会有这种机会。”罗睿德说。事实上，这位瑞典大使与中国的缘分可以追溯到 20 世纪 70 年代。

罗睿德对语言有浓厚的兴趣，1970 年到 1971 年，他在瑞典军事语言学校学习了俄语。1972 年，他对中国古典文化产生了兴趣，因此产生了学习中文的想法，于是他先后在塔夫茨大学、米德尔伯里学院、斯德哥尔摩大学三所大学学习了中文。1979 年，罗睿德第一次踏上了中国的土地。当时，罗睿德在山东大学和北京大学学习。

得益于独特的语言优势，罗睿德于 1982 年进入了瑞典外交部，自此开始了漫漫的外交长路。由于他有中文和俄语的背景，他的外交事业主要集中在中国和苏联 / 俄罗斯事务上。1990 年罗睿德成为了自 1940 年以后世界上首位派驻拉脱维亚的外交官。1992 年到 1994 年出任首相安全政策助理一职。1995 年到 1998 年在莫斯科瑞典使馆任副职。

2010 年 9 月，罗睿德出任瑞典驻中国和蒙古大使。

作为中瑞交流的桥梁，罗睿德一直致力努力加强两国之间的关系。在他看来，瑞典和中国尽管有着众多的差异，但更多的是相似点，双方都向着更美好的未来努力发展。罗睿德说：“在上个世纪，瑞典从欧洲最贫穷的国家之一不仅变成最富有的国家之一，还成了最民主和最平等的国家之一，对此我很自豪。我们的福利政策包括养老、慷慨的产假和父母双方都要执行的育儿假、全面的医疗体系，以及包括大学阶段在内的教育体系。”

谈及中瑞教育差异问题时，罗睿德这样说道：“我认为，在瑞典人们会更强调玩在教育中的重要性，因为玩是培养创造力的途径。在中国，我感觉人们依旧很注重通过背诵来学习。”

与中国30多年的缘分，罗睿德见证了中国一点一滴的改变：“我1979年底第一次来这里时，中国就对外开放了。人们也都没那么害怕了，开始了对新世界的认识，中国的发展可谓日新月异。”

罗睿德套用《论语》中的话来形容他眼中的中国：“学而时习之。”

大使变形：学习者和思想者

在学习的道路上，罗睿德走得和骑行路上一样远。

罗睿德现在仍在努力学习中文，每天都会记录下新的词语并添加进他的词汇表中。“它现在已经有300页了！只要有机会，我就会用我不熟练的中文‘纠缠’别人。”

除了生活中周围的人，罗睿德在新浪微博上还有一群良师益友。他很享受使用微博，因为在那里他能接触到更广泛的人群。“我有很多的粉丝，在知道我的微博都是我自己写的时候，他们都很惊讶。他们也十分乐于并且及时纠正我犯的语法错误。”看着罗睿德和粉丝们在微博上的亲切互动，或许你很难想象这就是平日聚光灯下那个代表着国家形象的严肃大使。

谈起中国的历史，罗睿德最爱的还是先秦，他说：“先秦哲学中，一切都是开放的。中华思想在那时还没有定型，有大量深邃的思考。我年轻的时候十分喜欢孔子，但随着年龄的增长我更喜欢庄子。”孔子入世，老庄出世；孔子仁爱，庄子逍遥……这儒家与道家的精髓罗睿德尽得其中三味。

演出前，手拿胡桃夹子的罗睿德在后台

当然，罗睿德也会读一些近现代的中国文学作品，比如中国的诺贝尔文学奖得主莫言的《生死疲劳》，这部小说将六道轮回这一东方想象力草蛇灰线般隐没在全书的字里行间，继承了古代神话小说丰富的想象力、传记小说夸张的笔法和寓言故事讽刺的语言风格，罗睿德非常欣赏。

大使变形：芭蕾舞台的外国友人

因为一次偶然的机遇，这位瑞典大使摇身一变，成为一名芭蕾舞剧演员。

“和生活里所有的事情一样，那纯粹是巧合。”罗睿德说。2000 年，当时的罗睿德主要负责瑞典与中国的文化交流工作。有一次，一位瑞典舞蹈演员来到北京和中央芭蕾舞剧院一起合作演出，罗睿德去看他们排练时，中央芭蕾舞剧院当时正好需要一个外国人扮演《过年》剧中罗赛尔梅耶的角色。团长跟演员们说：“这一次我们的好朋友罗先生会扮演剧中人罗赛尔梅耶。”

首演于 1892 年的《胡桃夹子》是古典芭蕾编导大师彼季帕和伊万诺夫的代表作，也是俄罗斯伟大作曲家柴科夫斯基创作的三大经典芭蕾舞剧音乐之一，在西方，每到圣诞节来临时，芭蕾舞剧《胡桃夹子》的上演俨然已成为一种传统。

《过年》，是中国版的《胡桃夹子》。原剧的圣诞节背景被改为了中国的除夕之夜。原剧中的罗塞尔梅耶这个角色被改编成“外国友人”。罗睿德说：“这个角色为我量身定制，某种意义上来说，这并不是一次真正的表演，我是在演我自己。”

回忆起“既兴奋又紧张”的第一次登台表演时，罗睿德说：“那不仅是我个人的第一次上台表演，也是中央芭蕾舞团有史以来第一次演出《胡桃夹子》！人们对这部舞剧期望很高！”在排练筹备时，他积极与身边的众多优秀艺术家交流合作。在演出结束时，看到观众群中孩子们的热烈反应，他感到由衷的欣慰。

到现在为止，罗睿德已经参演芭蕾舞剧 50 多场，足迹遍及中国的多个省份。罗睿德说：“每一次演出都是一次崭新的体验，每

罗睿德在后台与小演员们亲切交流

一次上台都使我印象深刻。”虽然他本身并不擅长跳芭蕾，然而出于对艺术的执着和热爱，罗睿德一次又一次地倾心“客串”芭蕾舞剧《过年》。

2月6日晚，羊年春节前夕，笔者一行应约前往北京天桥剧场欣赏这出罗睿德大使客串的芭蕾舞剧。绚丽的灯光舞美和迷人的芭蕾舞姿展示出了繁华喧闹的京城庙会和古老北京的胡同人家，当西方的芭蕾舞搭载上浓郁的中国风，呈现在观众面前的是一段梦境般的探险。这部充满艺术美的芭蕾舞剧，为寒冷的北京增添了一丝温暖。

大使变形：天涯骑行客

有一句话说得好：最美的自己在路上。自从1979年同中国结缘以来，罗睿德的足迹已经遍及了中国的大江南北，而陪伴他的只有一辆从斯德哥尔摩空运过来的单车。

“每次骑行都是一种经历，最棒的就是能够见到各种各样的人。”罗睿德说。骑行，是罗睿德生活中的一大爱好。旅行前，他从来不看旅行指南、攻略，只有地图在手，一切随缘。每次外出骑行时，他最感兴趣的不是名胜古迹，也不是那些令人印象深刻的大都市，而是沿途偶遇的居民、奇特的地形、独具特色的方言和美味的菜肴。

在骑行的路上，罗睿德收获了数不清的见闻和道不尽的故事。

大使跟我们分享了一个“柿子的故事”。

2014 年 10 月，罗睿德在位于新昌县和天台县之间的 104 国道上骑行。“当我在天姥山旁边的路上爬坡爬到一半已经筋疲力尽的时候，一位老奶奶给了我一个新鲜的柿子。”他回忆说，那位老奶奶姓李，柿子的香甜使他至今难以忘怀。

2013 年 5 月，罗睿德（左）在福建省 X562 县道附近，和当地居民在一起

“骑行使我再次意识到中国是一个多么大的国家，每个省份都有很多不同。”罗睿德说。迄今为止，罗睿德的骑行距离已超过 7000 公里，他曾沿着海岸线从北京骑到了香港，又从香港出发，途经四川和西安骑回北京。骑行带给他的是工作之余的静静思考。骑行使他见证了各地独具特色的地貌风情，骑行让他接触到了最真实的中国。骑行途中路过农村时，当地的居民会热情地与他交流。

山东的 S254 省道、太原的 G108 国道、广东的 S356 省道、福建的 G324 国道，这些都满载着罗睿德骑行的足迹。正如中国古诗所云："纸上得来终觉浅，绝知此事要躬行。"当独自骑车穿行在中国广袤的大地上时，他才终于明白为什么中国的省市会像现在这样划分，为什么潼关会成为历代兵家必争之地。罗睿德说："在孤独害怕时，你还会发现自己的身体已经接近了生理极限，但是好在每座山早晚都会被你甩到身后。骑车的时候，你要注意尽量避免企图向自己或者别人证明什么，如果这样的话你很容易走向一种疯狂。"

在旅途中，罗睿德发现"几乎中国所有的地方都在施工建设"，不幸的是，一些文化古迹却遭到了严重的毁坏。罗睿德说："城市化本身并没有错。那些住在农村有煤窑炉和泥地房子里的人，自然想要搬到有暖气和卫生间的新房里去。可是，一个悠久的文明古国是不是应该以拆毁那些珍贵的历史遗迹为代价呢？"

正如罗睿德自己说的，每次骑行都是一种独特的经历。他最期待的是下一次旅行，那个尚未进行的旅行。

忆北村夫妇

文 / 李双双

缘起

我一直觉得生活中最美好的是冥冥未知中一些早已注定的相遇，和北村夫妇的相遇便是如此。

北村老师是一位图书馆学专家，受日本国际交流基金委派到我们研究中心做指导工作。经常看到北村老师和畔上老师一起去食堂吃饭，当时北村老师给我的印象是非常有礼貌，和蔼可亲。2014 年上半年我有幸去日本东京大学留学。刚到日本一直苦于找不到合适的“田野”作为硕士论文的案例分析，正当我一筹莫展时，国内的畔上老师发来邮件说北村老师也要回日本了。北村老师退休之后和师母搬到乡下的老家照顾师母的妈妈，问我“五一”黄金周想不想去看看，我本来就有很重的乡村情结，又加上想迫切了解日本农村，于是很欢快地答应了。

初见

在国内的时候和北村老师只是打过几次招呼，一直以为老师并不记得我，而且第一次去日本人家里也让我有些不安。北村老师发来了详细的乘车时间表，再三确认之后定好了会合的地点。为了表示诚意，我起了个大早做了很多精致美味的牛肉馅饼和三鲜饼，整整齐齐地码好在礼品盒中，又仔细包装了从国内带去的葡萄干、无花果、新疆大枣等等，准备好礼物就忐忑不安地出发了。

世界文化遗产日本白川乡合掌村，房屋的屋顶呈倒写的V，很像双手合掌的样子

本来约好我坐地铁到筑波站之后，北村老师和师母开车来接我，结果我弄混了车次，比约定的时间晚到了15分钟，一出地铁口就看到了焦急等我的师母，师母朴素的衣着和花白的头发以及抻长了脖子找我的样子像极了我每次回家时母亲在高速公路上等我的情景。让我有点恍惚以为回到了家乡，而不是身处异国，后来我又去了几次老师家，但师母在出站口等我的画面却定格在我的脑海中了。

上车之后师母体贴地递过来水问我在日本的生活习不习惯，一开始怕冷场我拼命地夸张来日本之后的经历，逗得他们直笑。然而，随着车子欢快地出了筑波市，穿过一条长长的隧道之后，眼前的风景越来越让我惊呆。隧道那面的世界仿佛与世隔绝的世外桃源，让我误以为一下子穿越到了平安时代，山外面是高度发达的现代日本，

夕阳下的老师家

而穿过隧道的大山这边却是这样一派宁静祥和，与世无争的世界，无处不渗透着日本的古典传统美。嫩绿的禾苗倒映在清亮透彻的稻田里，像极了可爱的小学生在操场上排好了队准备做早操，山里仿佛不受人间一切烦恼的影响，清净明澈而又朴素静寂，空气清新又有点润润的，忽然间我整个人都像睡梦中被吻醒了一样，心潮澎湃，开始自我陶醉。这才是我心中找寻的日本啊！

神往

都说最美人间四月天，我赶在了五月的开头去，樱花虽然谢了，但到处都是五颜六色、芬芳四溢的花朵，这是我第一次看到这样开在满路，开在山头，开在家家户户门口的鲜花，完全是宫崎骏电影里的场景！日本传统文化讲究“物哀”，正是这种无法用语言表达的对大自然的感动。对我这样一个匆匆过客，穿过隧道的一切都仿佛一眼千年的穿越。

老师家坐落在筑波山下的一个小山头上，是一幢日本传统的木制房屋，建于20世纪60年代，经历了两次大地震，房屋明显有些倾斜，原本的推拉门也歪打正着成了自动门。但因为整幢房子没有用一根钉子，用卯榫结构代替，所以非常抗震。房间整洁干净又古朴典雅，榻榻米踩上去非常舒服，客厅里三个古色古香的木柜摆满了老师和师母从世界各地收集的食器，很多都是出自名家之手的木质或陶瓷石器，看似笨拙，实则禅味十足。我们每日三餐用的食器和早中晚喝茶用的杯子托盘师母都按具体食物搭配。吃水果用的水晶托盘和带锯齿的小勺子，装点心的木质敞口盘，喝下午茶时用的奶白色茶杯配的深卡其色木质托盘，还有装大盘鸡时糙糙的大瓷盆都让简单的食物成了富有韵味的艺术品，我们每天吃饭喝茶也成了一种享受。

屋前的山坡上开满了五颜六色的小花，有梭鱼草、猫尾草、大滨菊，也有大颗的绣球花、八仙花、鸢尾花，大朵大朵地开放在葱绿的矮树丛中，像南锣鼓巷的棉花糖一样，真想大大地咬几口。屋后是一座茂密幽静的竹林，竹林中有清澈的泉水叮咚流出汇聚在一眼石磨一样的敞口大缸，再流向花园。每天早起我都忍不住雀跃地去后山竹林贪婪地跑上跑下，仿佛能把吸到的清新空气贮存起来一样。傍晚时分在小山头观赏筑波山的夕阳也是非常惬意又梦幻的，师母做晚饭的时候我经常绕到屋后去看夕阳，整个筑波山都是一片火红，夕阳像个急性子的小孩化成的小火球，一眨眼工夫就从男体山的山头越过两座主峰之间的小豁口蹦跶蹦跶跑到女体山的山头了，不一会儿小火球就跑远了，留下长长的一片火红。

情深

第一次去老师家时，老师和师母带我拜访了他们的几位好友，在拜访到一家别具风格的山间木质咖啡小屋时，我突然决定把这里作为硕士论文的调查地。后来我又借采访之名去了老师家好几次，一出站台总会看到老师的车停在熟悉的水果摊前，而每一次师母都是抻长了脖子目不转睛地从站口找寻我的身影。

每次他们出来接我，奶奶（师母的妈妈）都在家中等待，我一进屋奶奶就眯着眼睛笑起来，拿出准备好的点心和沏好的绿茶给我们。奶奶略微佝偻的背忙碌在厨房的身影，还有每次目送我回学校时一个人站在山坡上瘦弱的身材总让我想到自己远在老家的奶奶。记得有一次老师和师母出去买东西，奶奶看着汽车远去，满脸宠溺地念叨："这两个人啊，从在一起这三十几年就没分开过一小会儿，买个酱油都要一起。"我顺势问老师和师母的爱情，奶奶笑得眼睛眯成一条缝，从老师师母开始恋爱说起，说到兴头，奶奶蹒跚着去给我抱来了几大本老师和师母年轻时的照片，刚放下又担心地望着窗外，不停地念叨："怎么办啊，他们要回来了怎么办啊，是要生气的啊，怎么办啊……"一边念叨着一边又抱来更多的相册，像个做了错事心虚但又要一错到底的小孩子，可爱极了。结果我们刚摆好相册准备看，老师和师母就回来了，我和奶奶本能地用身体护住相册，可是收拾已经来不及了，当然结果是我们四个人趴在榻榻米上看了一个下午的照片，师母说的最多的一句话是“北村老师年轻的时候明明头发这么浓密，那时候真没想到他会剩现在这么点头发”。

记不清是从什么时候起，我开始一点一点地融入这个家庭，晚上洗完澡师母就在客厅拉上推拉门隔出一间小卧室给我铺好厚厚的被褥，每天早上我都会在客厅里轻轻的说笑声中醒来。揉揉眼睛去洗漱的时间，师母已经为我准备好了丰盛的早餐。通常有两片内嫩外酥的烤面包、精致的蔬菜拼盘、两根烤香肠、一碗酸甜的自制酸奶、大麦粥、绿茶还有各种时令水果，师母知道我喜欢吃水果，有几天早上都给我准备了一大串香甜的葡萄，我乐滋滋地吃了，后来去超市发现一串近800日元，原来师母的葡萄只是给我一个人吃的。吃完早点一般我们都会在一起喝早茶，之后老师再送我去采访约好的朋友。采访快结束时再来接我，又是香喷喷的午饭，师母现炸的可乐饼特别好吃。午觉我都是铺几个垫子躺在客厅晒着太阳睡，师母有时会去山坡采很多野生的蓝莓洗好了装在诱人的水晶盘等我醒来说“喜欢吃水果的人要一次吃个够哦”。有一次晚上我们去参加有里女士家的烧烤宴会，在水田边和大家一起看萤火虫，临走的时候和师母收拾东西，她总是对我说“这是咱家的盘子，装这里，这是家里的手电，你拿着。”

难舍

短短的4个月留学期间，我以采访为名去了很多次老师家，他们也以采访为名带我去拜见了他们所有的好友，每次去之前师母都会精心准备礼物，让我恍惚有一种他们带着失散多年的女儿去认亲戚的感觉。得知被称为圣人的筧老师夸了我之后，老师和师母激动地逢人就说。老师和师母没有小孩，我也是从很早出来读书，饱受离家之苦。我们从开始小心翼翼地一点点试探着交往到后来的离别都没有过多表达彼此的情感，更没有任何的许诺。他们把对我的爱融进点滴的生活中，我把对他们的感恩都化作依赖。我在山里的很多生活细节北村老师都在我不经意间拍了下来，成了我们最珍贵的回忆！每次的相聚总是很短暂，前几次他们送我去车站时奶奶和师母都会一边说“没关系，又不是不来了”一边给我准备带回学校的新鲜蔬菜和点心，像是在安慰我，又更像是说服自己。

最后一次去山里采访我整整住了一周，每天晚上都把要采访的客人请到家里，我做中国菜给大家吃，有豪爽的建筑家夫妇，也有年轻有个性的意大利面包店老板，还有隐居在山上幸福的小夫妻和他们两个可爱的儿子。按日本人的思维，我这样做给老师家添了很大的麻烦，但我还是任性地做了，因为我看到老师和师母为我忙碌操劳时的幸福，有一次采访时一个和我年纪相仿的男孩到半夜一点还不走，让我很是尴尬。师母踌躇着进来了几次都被男孩“劝”出去了，没想到平时温和的师母一直没有睡觉，最后硬是把男孩送走看我睡下才回去。我们自始至终都没有提这件事，但师母既不想影响我采访又怕我尴尬，一直在二楼纠结的心情我都明白。

一周时间也是很快就在欢声笑语中过去了，分别前的最后一晚，师母特地为我做了一大桌丰盛的日本传统料理，大家都说话很少，吃完了又一直喝茶，连一向早睡的奶奶也不去睡，大家又像我刚来时那样开始找话题，记得我莫名地肚子疼了，师母去给我泡了金菊茶，又把剩下的金菊放在我的行李箱上让我带回东京喝，后来说了一些我毕业之后的打算，直到午夜大家才去睡觉。第二天我早早地就起床了，以前都是起得晚，师母给我开小灶做早点。最后一天想和大家一起吃，起床之后，发现他们也在等我一起吃，又是一桌丰盛的日本料理。默默吃完了大家又是一边喝茶一边不知道说些什么。奶奶突然把我拉到客厅的柱子跟前让师母给我量身高，画记号。奶奶说自从房子建成几十年来，这个家所有人的身高都是标在这个柱子上的，不能少了我，于是大家都像突然找到了话题一样开始给我量身高，老师则一直给我拍照。拍完照也到了离别的时间。

很早开始离家读书，我特别怕离别，每一步远离的步伐好像硬生生在一点点撕开我和亲人之间无形的黏着。记得考上北外之后全家都欢欣鼓舞，很多人送我去车站，可就在我进站时，拥挤的人群中我妈突然伸长了胳膊要给我塞钱，当时眼泪就下来了，我一直没敢回头，她看到我哭，一直沿着栏杆在人群中挪动喊我，捏钱的手使劲伸着，一直到看不见我，上车之后我一直抱着枕头哭，怪她太煽情。但其实我骨子里是很怕离别的，有时候让自己麻木，但有时候眼泪还是会突然决堤。马上就要离开老师家回国了，出发时我什么都不敢说，生怕声音哽咽之后眼泪决堤，一直低头不语看北村老师帮我把行李一一放到车上，第一次做了没礼貌的孩子，奶奶也一直一声不语地跟着我。我在内心祈求就这样，一句话别说，回到东京了我会发邮件再解释。可上车前奶奶突然捏住我的手说："一定要再来，再来看我。"我懂以后的路会更广阔，我也知道我一定能再来，只是在那样的场合，那样的情景，我整个人一下子没法控制自己，我低着头眼泪像断了线的珠子一样滴在脚下的土地上……

三十分钟的车程我哭了一路，师母先是找话题缓解气氛，后来递过来一大盒纸巾不再说话，所有的风景都在我身后倒退，黄熟的稻田过去了，常买菜的那家超市过去了，草莓市场过去了，那家最气派的古屋也过去了，筑波山上滑翔的人影也越来越小了，最后，隧道也穿出来了……

后记

去年 8 月，在我回国两周之后，北村老师和师母来到中国和我的家人一起生活了一周。欢迎宴上北村老师和师母站起来一直感谢我的家人，说他们来就是想看看我长大的地方，我翻译的时候强忍着泪水，饭桌上却早有人泪雨滂沱。现在回想在筑波山下的生活，就像是一场千年的穿越。神奇得有些不真实，但我想很快我还会再穿越回去的！（作者单位：北京外国语大学）

建筑大师彭培根

文 / 吴星铎

他是一位热血“70 后”。71 岁，所以“70 后”。

除了建筑作品以及教学上的成就之外，他还是一位“以言报国”

彭培根近照，摄影：黄山图片社

的建筑师，建筑领域，文化领域，经济领域，他向国家有关部门或单位提出了大大小小几十条建议，上至关乎国家或地方的政策的方向性，下至老百姓的日常生活。绝大部分都被落实，对社会产生了较大的建设性的影响。

采访他之前，但见材料中他纵横捭阖，措辞尖锐，毫不留情地批判各类他认为的“妖魔鬼怪建筑”，以为他是一位锋芒毕露、不好相处的专家，等见到他本人，完全打消顾虑，他是一位随和温润、谦虚厚重的长者。

他是彭培根——加拿大籍华裔专家，清华大学资深教授，大地建筑事务所（国际）总建筑师，国家一级注册建筑师，联合国 - 国际生态安全科学院院士，1992 年中国政府友谊奖获得者，“建国六十周年对城乡建设有贡献人物”。

“我们一家是改革开放的见证人”

“这是我毕生的荣幸，朱镕基先生当时作为副总理为我们颁奖，他是一位正能量的真正代表性人物。我非常自豪他能为我颁奖。”回忆起 1992 年获得中国政府友谊奖的情景，彭培根记忆犹新。

彭培根祖籍湖南长沙，1943 年出生于安徽阜阳。他的父亲彭鸿文将军是国民党的一位爱国抗日将领，曾任第十战区徐西军区司令，他的母亲也出身同盟会将领家庭。彭培根便出生于这样一个传统的军人家庭,从小受儒家文化的熏陶,青少年时期,便已熟读儒道经典。

他早年追随著名建筑大师王大闳，1973 年，获美国伊利诺大学建筑硕士学位。之后在美国、加拿大的著名建筑事务所工作，并在加拿大的 Waterloo 大学兼课。

1981 年，彭培根听从父亲的教导放弃了国外优越的生活环境，毅然决然回国，他是海峡两岸分隔后最先回归大陆的一位建筑师。

“我们一家刚回国定居的那一年，每天还要去排队取牛奶，衣物、粮食都要布票、粮票。到现在改革开放 30 多年来的各方面的伟大成果，我们一家是改革开放的最佳见证人之一。”彭培根说。

彭培根一家人都见证着新中国改革开放后的迅猛发展以及中国社会日新月异的变化。他多年探索中西方建筑文化的交流融合，这多在他开创的大地建筑事务所及他在清华开设 20 年的“理性建筑”的课程中有所反映。

中国政府友谊奖是中国政府为表彰在中国现代化建设和改革开放事业中作出突出贡献的外国专家而设立的最高奖项。彭培根以其在建筑创作和建筑教育领域的卓越贡献，在他回国 10 年之后，在 1991 年中国政府友谊奖正式设立的第二年，1992 年，当仁不让地获得这项殊荣。

大地建筑，建筑在中国大地

大地建筑事务所（国际）于1985年在人民大会堂正式成立，是新中国成立以来第一家中外合资的建筑设计企业。自公司成立以来，彭培根始终以设计精品工程和注重严谨创新为己任，致力于向社会向大众提供高品质的服务。

大地建筑的作品，建筑在中国大地上。三十余年来，大地建筑已经在中国设计规划过2000多个工程项目，其中有20多个国家级重大工程。厦门总体规划、沈阳的中国银行大厦、北京银谷大厦、北京中旅大厦、上海华侨大厦、青岛市-黄岛总体规划、广州新白云机场的占地120万平方米的详细规划及部分重要建筑、北京燕莎中心的酒店广场、景观和啤酒屋等设计，国航头等舱休息厅、济南大金区10平方公里的总体方案……都是大地建筑的心血之作。彭培根的一张上海建设银行的手绘草图，被收入了于加拿大出版的《国际著名建筑师草图记》。

彭培根有一个笔名叫“心农”，表明了他“心系农民”之意。大地建筑为农村提供合理的村镇规划、建筑设计及咨询服务，开展农村建筑的调查研究工作等，还在1986年成立了一个“大地乡村建筑发展基金会”，向农村捐献了209万元人民币。彭培根用这一基金资助不同类型的村镇进行规划，包括革命老区，全国边、远、贫困地区。他连续几年支援同济大学阮仪三教授保护江苏周庄古镇水乡的活动，他聘用农村建筑专家做了 73 个项目教农民如何安全建房。

通过各种方式，这位“心农”为中国培训了无数“赤脚建筑师”。

“我是加拿大籍，我最敬佩的加拿大人是白求恩。我跟他的不同点是，他为中国培养‘赤脚医生’，我们为中国培养‘赤脚建筑师’，我跟他的相同点是，我们都热爱中国，并为之奉献一生。”彭培根如是说。

“我最满意的作品是我们的家”

当笔者询问最满意的作品是哪一个的时候，彭培根毫不犹豫地说：“我们的家，因为它没有被业主（他夫人）或领导改过。”

清华 16 公寓楼是苏联建筑师设计的再版，1960 年竣工的“专家公寓”。优点是南北进深只有 10 米，穿堂风好，整个夏天都不用开空调。楼层高 3.5 米；虽只有 120 平方米但是冬暖夏凉。

彭培根阐述了他设计自己家时的三个“我是”的设计理念：“我是建筑师，充分利用面积不大的空间，使之‘小中见大’。空间功能要‘形式追随功能’，这是现代建筑设计的金科玉律。”

他接着阐述第二个“我是”：“我是中国人，但已习惯西方的生活和表达方式，住宅设计要体现现代文明的骨架，又能蕴含着中国文化的神韵。”

第三个“我是”：“我是教师，家里要朴素淡雅，有宁静质朴的书香之风。只用两种主色：清漆磨褪的硬木原色和白色。”

有了这样的设计理念，质朴的原木色和简洁的白色的主色调、生机盎然的绿植、苍劲或儒雅的书法、细量过的窄木条、废旧红酒盒装饰的门框、透光又结实的门、移位的洗手间、千挑万选定制的最简洁的明式太师椅……诸多细节便出现在你面前。

“以言报国”的显著标签

除了彭培根的专业和教学成就以外,“以言报国”是这位热血“70后”“心农”的显著标签。

“我为中国《宪法》改过两个字。”彭培根笑着说。早在1984年，他就建议将中国《宪法》中的用词“残废人”和“残废军人”改为“残疾人”“残疾军人”，得到了全国人大常委会的通过。

1998年国务院6个部委联合颁布“汽车十年强制报废”的规定，彭培根向国务院有关领导提交了一篇“反对强制报废的规定”的内参。甚至在房产方面，对于综合整治房地产市场系统工程也提出了相关建议。

“2006 年，我向王岐山市长建议五环路不要收费。王市长批了以后，2007 年元旦开始就不收费了。北京市汽车 2010 年起限售的政策是我建议的。还有，乘飞机将机场建设费放在机票中也是我建议的。”彭培根对自己的提议被采纳感到很欣慰。

当然还有一些建议目前还没有被采纳。“我强烈地建议将绿卡的中文名称‘外国人永久居留证’改为‘居住证’。”彭培根说，“我曾经建议在绿卡中增设‘中文姓名’一栏。2012 年 10 月起，这条建议已被落实，为什么对优秀外国专家等外籍人士，非要用‘永久居留证’，‘居留’和‘拘留’同音，这样是不好的。”

6 月 4 日，《长沙晚报》刊登了对他的访问《湘江新区生态文明建设漫谈》，这篇访问中，彭培根从中国城市建设，实践“十八

1984 年，中共中央引进国外智力领导小组组长、国务院副总理姚依林（左二）来彭培根（左一）家中探访

大生态文明”的高度，就湘江新区在生态文明建设方面该如何发力，生态文明与城镇化的关系进行解读，并对湘江新区的生态文明建设给出了具体建议。

湘江新区位于长沙市湘江西岸，是国务院批复设立的第 12 个国家级新区，5 月 24 日正式挂牌。彭培根说：“要想把湘江新区建设好，我认为最关键的是要把中国湖南古今结合的文化底蕴，作为城市建设的原动力之‘水’，水涨船才会高，要从中国尤其是湖南的历史文化中去丰富文化内涵和找寻灵感。”

谈到建筑领域，彭培根的“言”尤显犀利。

彭培根说：“我们反对这些外国建筑师的设计，并不是因为它们是外国建筑师的作品，是因为这些建筑本身有许多设计上的不合

理，违背了建筑的基本规律，甚至有悖于基本的科学常识。这是建筑学上最实际的反面教材。”

彭培根认为，自从国家大剧院的设计权被法国人安得鲁“拿走”之后，中国建筑市场上刮起了一阵狂风。大家一窝蜂地追求“语不惊人死不休”、追求“视觉刺激”，追求“另类”、出现了一批“妖魔鬼怪建筑”，这让他深感痛心。

2008 年，彭培根应邀在哈佛大学发表演讲，批判极少数的洋“建筑大师”，把中国当作新武器的试验场，他的意见得到了国际上两个最权威的建筑专业杂志之一英国的《建筑评论》（the Architecture Review）的社论支持。

“2014 年，习主席在中央文艺座谈会上说‘不要搞奇奇怪怪的建筑’，这和周总理在上世纪 50 年代提出的中国的建筑要‘经济、实用，在有条件的情况下追求美观’是一脉相承的。”彭培根说，“50 多年来，西方国家已经崇尚朴实大方、亲切和重视基本功能的建筑主流思想，其实这就是中国艺术哲学里的‘大美无言’和‘大美无形’的理念。”

教学——无形的建筑

清华园里，辛勤耕耘，彭培根的教学是他“无形的建筑”。

1982 年，彭培根以外籍专家的身份开始了在清华的任教生涯，迄今已经三十余年。除了基础的建筑设计课程，彭先生还以西学为体，中学为用，开设了高级选修课程“理性建筑”。2008 年，清华大学评估“精品课”的机制建立之初，这门课程便当选，它也是建筑学院被评上的四门精品课程之一。

“理性建筑”这门课程采用全英授课，讲解了西方的建筑理念，并结合了中国的实际情况。

为什么要坚持全英授课呢？彭培根说：“因为上世纪 50 年代的‘现代建筑运动’的摇篮是在芝加哥，新一代的建筑术语，都是英文的原文。它们的中文译名有五六种之多，所以最好用英文原文授课。”

虽然英文授课给课程增加了难度，但是学生们还是很乐意选修这门课。除了坚持英文授课，彭先生还坚持“体验式教育”。他带领着学生们参观他自己设计的家，以实体建筑解释自己的设计理念。

“我的考试也是很开放的，都是主观题，而且不限时间。我记得有一次考试时，有一个学生殷霄洋洋洒洒写了 14 页还收不住，直接写到了晚上 11 点，最后连我一起，都被保安赶走了。”彭培根笑言。

唐装、太极、简体字及其他

彭培根的生活是丰富的，篮球、设计唐装、太极，都有精彩之处。

篮球是彭培根的一大爱好，他是清华大学教授篮球队队员。他让笔者看他的从中线超远距离投篮视频，命中率相当高。

彭培根亲自设计国服“新中国现代唐装”，荣获了国家知识产权局五项专利，他还担任着红都集团特聘服装设计师。拍摄封面期间，他特意让笔者也体会了一下穿上他亲手设计的唐装的感觉。

国家外国专家局前局长王泗（前）与彭培根夫妇合影

彭培根是一位会“降龙十八掌”的建筑师。采访结束，他现场为笔者一行人打了一套“太极霹雳十八掌”，步伐游走，掌力翻飞。他介绍说：“太极霹雳十八掌是武当派太极掌与河北沧州八极拳的腿功综合而成，金庸给它取了个别名‘降龙十八掌’，他用‘降龙’可能是灵感来自‘祥龙呼日’的招式，我认为用‘祥龙’二字更好。因为龙代表大自然，是不能降伏的。”

从小熟读《四书五经》等中国古典哲学及文学的彭培根其实是简体字的拥护者。他认为中国的文字，自古以来就一直在演变着，先由简而繁，再由繁而简。对那些反对简体字的人，彭培根说：“你们应该用甲骨文，那才是最原始的繁体字！”

他介绍说，简体字改得好的有许多，比如塵的简体是尘，原来是指鹿跑起来的土是尘土，那马跑起来的算不算？所以小土是“尘”，改得好！也有一些个别字他认为应该恢复繁体的，例如中华的“华”，爱情的“爱”。

彭培根认为，在诸多的简体字中，“态”字是改得最好的字之一，他说：“改字的人不但懂文字、社会学和心理学，还懂得尊敬妇女。太字下加一心，表示懂得太太的心才叫‘态度好’！”

一旁的彭太太点头表示赞许。（实习生万晓璋、张涵锦参与采访录音、素材整理）

苏州缘分早注定

文 / 谭炜赟

1979 年，法国人魏让方（Jean-Francois Vergnaud）第一次来到中国，为他的博士毕业论文做调研。去年，老魏被苏州市政府授予“苏州荣誉市民”称号，感谢他对这座城市的发展做出的贡献。

“这也许就是中国人说的缘分吧，”这位法国人操着一口流利的中文笑着说，“我的研究对象是顾炎武，明清时代伟大的思想家，他是昆山人，所以你看，我和苏州的缘分老早就注定了。”

结缘中文：从建筑工变身大学老师

62 岁的魏让方是中国人民大学中法学院院长、教授和博士生导师，开朗健谈，笑容可掬。他是法国巴黎第七大学东亚文化研究专业博士，蒙彼利埃大学东亚文化研究专业博士生导师，古代中国政治思想史、东方语言文化研究和跨文化交流等领域的知名专家。曾撰写多本专业著作及教材，在国际顶尖刊物上发表重要论文10余篇，在东方语言文化研究领域享有极高声誉和影响力。

和中国结缘也许要一路追溯到魏让方五六岁的时候。那个时候，在烟草厂工作的父亲每周都会捎回几份关于中国的刊物，例如《中国建设》《北京时评》等。“我也不知道是什么时候开始对中国感兴趣的，也不知道自己将来会成为东方文化的研究者，这真是一件很奇妙的事情。”从那些杂志上，年幼的魏让方开始接触一个遥远又神秘的国家，也许种子就此悄悄发芽了。

中国人民大学中法学院法方院长魏让方

生于一个工人和农民的家庭，魏让方从小生活并不宽裕。16 岁那年，他离家独立，在工地上做起了搬砖工，一做就是三四年。尽管如此，勤奋好学的魏让方仍然坚持读书，白天忙完工地上的累活之后，他就开始了自我充电。

好在，生活永远都充满了神奇和惊喜。20 岁那年，一次偶然的机会，魏让方认识了一位退休后定居法国尼斯的姓王的中国学者。

从此之后，魏让方便跟着这位王老师系统地学习中文。中文的学习异常艰辛和枯燥，魏让方学的都是繁体字，读的是四书五经，背的是诸子百家。“我倒觉得还好，可能那时候年轻，充满了热情。”老魏回忆道。

正是这样近 10 年刻苦系统的中文学习，为魏让方打下了坚实的汉语和中国文化思想的基础。一边工作，一边学习，每年还要从尼斯去巴黎参加大学的期末考试，从来没上过一堂课的他却每次都高分通过考试。“因为我不知道会考什么，所以我什么都要学。”他笑着说。一路读到博士之后，魏让方选择在蒙彼利埃大学东亚文化研究专业任教，一教就是 20 年。

“我真要好好感谢王老师和中国，他们改变了我的生活，把我从一名建筑工人变成了一位大学老师。”老魏说。

中法交流：促成中法高等教育合作

1979年，魏让方第一次来到中国，为他的博士毕业论文做调研。2007年，魏让方来到中国北京，在法国大使馆从事中法高等教育文化交流的工作。

在蒙彼利埃大学任教和在北京法国大使馆工作期间，他频繁往返中法之间，帮助法国政府招聘中文老师，开展中法教育交流，也协助两国的企业寻找投资商机。但是，平静的校园生活是他一直的向往。2010年，魏让方拒绝了大使馆的邀请，决定回归校园做个教书匠，和学生打交道。他积极与法国相关部门及高校沟通联系，促

魏让方（中）与同事讨论问题

成中法高等教育合作。在各方的不懈努力之下，2012年6月12日，中国人民大学中法学院正式成立。

从事中法教育那么多年，魏教授说仍然有让他不解的地方，“尽管中国变化那么大，它的教育方式却没怎么变过——仍然是十分注重循规蹈矩的传统，例如默记和背诵。”而在法国，老师更喜欢去启发学生的积极自重性和发明创新力，“当然这并不意味着孰优孰劣，兼收并蓄，取双方的精华，这也是我们中法学院一直在努力的教育模式。”

由于各项事务缠身，魏教授如今已经很少教书了。“即便是这样，我还是和学生们在一起。我喜欢和他们交流，也希望自己可以对他们的未来发展有帮助。从这个意义上讲，我用我自己的方式回报着这个国家，正如我在他们的年纪，这个国家给予我的。”

定居苏州：太太孩子在的地方就是家

现在，魏让方选择了留在苏州，“我的中国太太和两个孩子在这儿，苏州就是我的家。”

在很多人看来，从书籍中研究中国是一回事，在中国工作和生活又是另外一回事，但老魏看起来适应得很好。“没有什么让我觉得特别吃惊的，除了中国这20多年翻天覆地的变化。从另一方面讲，我想每个中国人都会吃惊于这个变化吧，或者至少是我们这个年纪的人。”

现在，老魏每天 5 点起床，如果天气和空气质量好的话，他会绕着风景秀丽的金鸡湖慢跑或者骑自行车。一天繁忙的工作之余，他喜欢安静，享受恬淡的家庭生活。每晚睡觉前，他则会翻几页书或者听听古典乐。

“苏州是个很适宜居住的城市，她融合了很多特质，”魏让方说从他住的工业园区开车几分钟就是古色古香的老苏州，而坐高铁 20 分钟就能到上海，“住在这里就像住在两个世界之间，轻松享受着两个世界的便利。”

从 30 多年前第一次到苏州，这里还像是一座小城镇，到如今已经发展成一座国际大都市，魏让方说他最大的愿望是苏州和苏州人可以保持特质和传统，“把生活和艺术真正融为一体。”（苏州市外专局供稿）

外国时尚设计师在北京

Foreign fashion designers in Beijing

文 / 苏莉　译 / 季晶晶

老外们带着勇气和决心来到中国，而中国也为他们提供了一个可以发挥创造力和表达自我的平台。两位居住在北京的时尚设计师，

卡特琳娜（中）与学生在工作间

来自俄罗斯的斯维特拉娜和来自罗马尼亚的卡特琳娜，完美地演绎了成功的职业女性和独一无二的时尚设计师两种角色。

今年 44 岁的斯维特拉娜 15 年前跟随她在货运航空公司工作的俄罗斯丈夫移居北京。她曾在澳大利亚和英国学过设计，之后又来到北京进入著名的莱福仕大学继续攻读设计专业的学士学位。莱福仕大学如今被称作莱福仕学院，是一所总部在新加坡的著名服装设计大学。顺利完成学业后，她就留在这所大学里当老师教设计，至今还在这里工作，她经历了大学的转型期。正是在莱福仕，斯维特拉娜认识了首次进入公众视线的时尚设计师卡特琳娜，北京卡琳时尚学院 (www.catalinacalin.com) 的创始人。当时卡特琳娜也是莱福仕学院的教师之一。从孩童时代开始，卡特琳娜就喜欢设计，而她杰出的职业设计师生涯则是从罗马尼亚的一所大学开始的。在那里，她专攻时尚设计并取得了时尚和视觉艺术专业硕士学位。之后，她曾在不同的跨国或本地的公司担任时尚设计师。2009 年，应莱福仕学院的邀请，她来到北京担任时尚设计系讲师，那时候她才 27 岁。在这里，她结识了斯维特拉娜和她未来的丈夫，以及同在这所大学里教室内设计的来自哥伦比亚的教师杰米。在外籍人士的心目中，北京就是一个地球村。人们相遇，成为朋友，甚至恋爱结婚。杰米和卡特琳娜是知名国际交流组织 Inter Nations 在北京的代表。他们负责组织在京的外籍人士参加聚会，让他们的生活变得更加轻松和愉快。杰米和卡特琳娜会找到北京最棒的地方组织聚会活动，每月至少两次。我也经常参与其中，并认为对卡特琳娜来说，这的确是她学校工作之外一个很好的补充。“在这里（北京）的日子很棒。当然，虽然生活有起有落，但总体来说一切都很好。我们热爱北京，也很享受在这里的日子。” 卡特琳娜如此说道。在 2014 年 11 月，她成立了以自己名字命名的设计学院卡琳时尚学院后，她与教学的联系更紧密了。在我询问学生情况时，她答说：“我们的第一个学生来自俄罗斯，那是一个非常有才华的女孩。我也有来自波兰的学生。”除了外国学生，也有不少中国学生去她那里学习。现在卡琳时尚学院提供以下课程：时尚插画，主要介绍一些可以用于时尚插画设计的媒体技术；创意立体裁剪和绘图，重点向学生们传授设计创新、时尚工作室、时尚作品集、造型和化妆方面的技巧和方法。课程由卡特琳娜和另两位特约讲师讲授。

斯维特拉娜主要为外籍人士设计婚礼礼服和晚礼服，客户都是一些高阶层人士。有意思的是，卡特琳娜结婚时穿的礼服正是斯维特拉娜设计的。斯维特拉娜很享受在学校里教书，但是她自己也说：“时尚设计是一个迅速变化的产业，为了跟上它的步伐，仅仅做老师是不够的，我还需要成为设计师和生产者。”斯维特拉娜说她有一个遗憾，那就是她无法像期望的那样说上一口流利的中文。但是对于全身心投入设计的她来说，没有时间学中文是完全可以理解的：

“因为学院工作繁忙而没有时间学中文让我有一些遗憾，我仍然能感觉到语言障碍的存在。”不过，斯维特拉娜喜欢在北京工作。不考虑语言障碍，她在北京能更容易获得各种各样的面料，选择也更广泛。要知道，在她的祖国 90% 的面料都是中国制造。基于在北京 12 年的教学实践和 5 年的设计经历，斯维特拉娜开办了面向俄语学生的在线课堂（fashionworkshop.ru）。她的学校提供一系列线下课程以及免费的视频课程，也会为完成学业的学生提供证书和文凭。“我将在莱福仕学院学的东西与我自己的设计经历相结合，最后在俄语学生授课时做适当的调整，结果令我十分骄傲。”斯维特拉娜如此总结。“教学方式分为两种——线上和线下，这样学生就

工作中的斯维特拉娜

能获得及时反馈。”说到在线课程的优势，斯维特拉娜回答道：“在中国办学校实在太困难，不仅受到中国法律的各种限制，语言障碍也是一大问题。此外，资金需求量也很庞大。相比之下，办在线学校要简单得多。”

关于对中国学生的看法，斯维特拉娜和卡特琳娜都认可中国学生的勤奋和积极。“中国的学生听课很认真，他们渴望知识。老师是他们的向导。他们对时尚有自己的认识，发展潜力巨大。要知道，一旦中国人有了目标，就迟早会去实现它。”斯维特拉娜如此评论道。这两位职业女性都认为中国的时尚产业正在蓬勃发展。“中国人的设计正在变得更加时尚，更全球化，更流行，更优雅。中国政府花费了大量的时间和金钱在教育和学校上。中国的年轻人也比以前更热衷于时尚。如今有越来越多的中国设计师非常有创意并且热衷学习。他们中的很多人都曾出国留学，因此有了不同文化背景的经历，对世界也有了不一样的认识，他们更加开放。”卡特琳娜补充道。

两位女士仍在继续发展她们各自的品牌，期望在中国和国际舞台上获得更多关注和认可。为了完美的设计，她们从各处搜集灵感：自然、电影、音乐、历史，甚至在街上找不同国家或文化的人聊天。灵感无处不在。

金融大家迪布

文 / 张晓

来自美国华盛顿大学（圣路易斯）的金融学教授菲尔·迪布韦克（Philip H. Dybvig）2010 年成为西南财经大学金融研究院院长，每年都要在成都工作两个月。在北京东方君悦大酒店，我们采访了菲尔·迪布韦克教授。

从“长江学者”到院长

“2006 年，我去西安参加中国国际金融年会（CICF），那是我第一次来到中国大陆。之前在 1998 年，香港回归之后，我去了香港，那次参观也很开心。转眼 10 年了，今年的 CICF 刚刚在深圳举办。”

“2006 年参加 CICF，是受清华大学和长江商学院的邀请，那次我还在北京待了大概一周，参观了长江商学院，瞧，从我现在住

“长江学者”菲尔·迪布韦克（vivi 摄影）

的这个酒店就可以远远地看到长江商学院。我当时住在旁边一个酒店，去了附近的王府井小吃街，那儿特别棒。”

“之后，我经常来中国，在北大等高校访问。期间认识了中国学者刘俊，他是美国加州大学圣地亚哥分校的教授，也是上海交通大学上海高级金融学院的教授，西南财大的金融学院院长。通过刘俊教授，西南财大邀请我每年在金融学院待一个月的时间，这样持续了两年。2009 年我受聘成为“长江学者”讲座教授。2010 年，西南财经大学成立金融研究院，我被聘为院长。”

作为院长，迪布韦克教授的主要工作是帮助教师和学生开展研究工作，“我会给学生举办一些讲座，但没有日常课程。我与许多教师都开始了合作的研究项目。比如，我和研究金融的同事秦振江撰写了一篇关于大学捐赠基金管理的论文，这在中国算是个新课题，但在美国则很常见。这篇论文在今年的 CICF 上展示，也会在美国金融学会展示，它吸引了专业人员的注意，并受到美国慈善资产投资管理机构共同基金 (Commonfund) 的邀请参与评奖。这是个有关理论研究的论文，但也与实践直接联系起来。我觉得这就是金融非常有趣的一点，高级研究与实践之间的距离非常小。”

如今的经济学、金融学研究似乎都需要过硬的数学功底，比如大量的模型和数据。迪布韦克教授介绍说：“金融难就难在，你不仅要数学好，还要有优秀的口头辩论能力，你必须使用两边大脑。这是中国学生出国学习经济金融的难题之一，数学对他们来说很简单，他们的数学通常都比美国学生优秀。他们能够理解许多微妙之处，但是他们的答辩与介绍说明却……”迪布韦克教授曾任《金融研究评论》（TheReviewofFinancialStudies）编辑，对如何发学术论文还是很有见地的。

因为贡献突出，迪布韦克教授荣获了2014年中国政府友谊奖。今年年初，国务院研究室、国家外专局联合举行专场座谈会，征求海外专家对政府工作报告的意见。座谈会邀请函发给迪布韦克教授，因为邮件回复晚了，他错过了这次建言座谈会，不得不说是一个遗憾，他却开玩笑地说：“这不是我的损失，是他们的损失。”不过，知道外国专家建言还可以提交文字版本后，他还是打算起草一个关于中国金融问题的建议。

物理学还是经济学

虽然现在有了一堆的学术头衔，但他大学时代的最初的梦想却是搞音乐。

“刚进入印第安纳大学的时候，我本来想学的是数学和音乐专业。不过不久，我就决定还是不读音乐专业，音乐是不错的爱好，但不是一个好职业。我认识了一个朋友，他是很棒的音乐家，他在找工作时却遇到麻烦，并且我不喜欢他们的生活方式。所以我决定做一些应用数学的东西。”但直到现在，这位金融学的教授还是经常玩音乐。“二胡和葫芦丝只是玩玩，我吹得不好。我更擅长钢琴，我经常在乐队里演奏，有时是在圣路易斯的乐队，有时是在中国的乐队里。”

美国大学通常不会一开始就确定专业。“我去物理系，问他们如果我本科读的是数学和经济学，那申请到好的物理学硕士项目的机会有多少。他们大笑，然后说，你还需要知道一个完整的知识体系。然后我去经济系问，如果我本科读的是数学和物理，我进入顶尖的经济学硕士项目的机会有多少。他们说，那就太棒了，你懂得物理学中解决问题的方法。就这样我大学选择了数学与物理。”

“研究生阶段，我选择了经济学。我去了宾夕法尼亚大学读硕士学位，因为斯蒂芬·罗斯（StephenRoss)那时在那，随后我跟随罗斯教授去了耶鲁大学，1979年获得了耶鲁大学经济学博士学位。”难得的是迪布韦克仅用了6年时间就完成了本科、硕士、博士的学习，获得博士学位时他才24岁。

金融学大咖

虽然有在普林斯顿大学、耶鲁大学等名校任教的光鲜名片，还担任过美国西部金融学会主席，但迪布韦克教授最著名的还是他与戴蒙德关于银行挤兑的开创性研究——银行挤提模型。

银行挤兑，听上去似乎离我们很遥远，但真实发生的时候，那种恐慌，肯定难以描述。因为债务危机问题，希腊今年6月就出现了严重的银行挤兑。6月底，希腊各银行停止对外营业，很多希腊民众由于担心希腊退出欧元区，银行遭遇破产，在ATM机前排起长队挤兑资金。据报道，仅6月27日一天，希腊全国有超过三分之一的自动取款机被取空现金，银行系统有大约6亿欧元现钞被民众提走。

“这个研究的结果就是，为了避免出现银行挤兑，关键是不能使存款人形成恐慌提取的预期。那么政府的监管措施和干预就是必要的，比如存款保险制度、央行最后贷款人制度等。”

今年的5月1日，我国《存款保险条例》正式实施，最高偿付限额为人民币50万元。迪布韦克教授说：“这是一件好事。西方国家的人们可能会担心存在银行里的钱，然后给这笔钱加上存款保险。而在中国，人们以前习惯于认为，政府能够修补处理好一切，这种想法是不好的。现在有了这个条例，老百姓就会考虑我的存款哪些情况下受到保护，保护的程度是怎么样。”说得严谨一点，这个条例增强了储蓄者的风险意识，银行存款以前是隐性的政府担保，现在是明确的保险制度，风险由存款人、银行和保险公司分担，存款人当然就要有意识地规避风险。

鉴于这个开创性研究，迪布韦克教授甚至被认为是诺贝尔经济学奖的有力竞争者。马上又要到公布2015年诺奖的时候了，被问及谁可能获奖，他提到了自己导师的名字：“我一直认为斯蒂芬·罗斯应该获诺奖，可惜到目前还没有，他现在麻省理工学院。不知道这次的诺奖会不会再次光顾金融研究。”

斯蒂芬·罗斯是当今世界上最具影响力的金融学家之一，创立了套利定价理论，他的关于风险和套利的思想已成为许多投资公司的基本投资理念。诺贝尔奖得主莫迪格利阿尼 (FrancoModigliani) 曾建议人们“认真听他所说的话，因为他说的每个字都是金子”。

股市和理财

最近两个月，中国的股市可谓热闹不断。从 5 月的 5000 点到 8 月的 3200 点，2007 年以来这难得的一波牛市，最终变成了股灾，涨涨跌跌的幅度之高，被形容为“比过山车刺激多了”。

“股票市场的起伏本身并不是一个问题。”迪布韦克教授还真是淡定，“问题是投资者冒着他们不能承担的风险去买股票，中国发生了太多这样的事情。我有个学生，他的父母已经退休了，居然把自己所有的退休金投入到股市上，那真是一场灾难。”

对于小型投资者，迪布韦克教授建议：不要投资一些你不完全理解的东西，“有人在股市丢掉了他所有的积蓄，当我跟他们聊天的时候就发现，他们很明显不知道股市是怎么运作的。我认为很多人投资失败，是因为他们投资了自己不理解的东西。”

所以，风险意识，才是股民们需要补足的一课啊！

迪布韦克教授还指出，理财产品是另一个令人担忧的地方。

“你肯定也在银行见过推销理财产品的，高收益，但这些产品很奇怪，因为卖理财产品的人只是不断跟人们介绍，但是你很难搞清楚其中的价值。如果你买东西的时候，根本不知道商品背后有些什么，那很危险。在美国如果卖给消费者产品，要有许多的公开信息。”

北京、成都双城记

近10年来，中国越来越成为迪布韦克教授工作和生活的重心。

“我的妻子是个北京人，我在北京住了几年了。我过去经常去地坛公园，就是在这儿学的推手。很多人排着队和我推手，大家都想和我这个老外玩玩推手。”采访拍照的间隙，他还邀请我与他一起玩推手，他还尽兴地打了太极的几个招式。

他也很喜欢成都，因为那儿的生活很轻松。他还一一列举了四川的一些典型符号：川菜、茶馆、白酒、美女、熊猫和麻将。“在成都天桥下，晚上一些饭馆会在外面摆放桌椅，人们在外面吃烧烤、喝酒、打麻将、打牌。还有像油上面烤串放金针菇、鱼和一些肉。这些店整晚都开着，你可以和朋友去那儿，我和朋友拿着吉他，一起唱歌。一些人从另一张桌子过来，和我们一起唱。我早晨 8 点才回家，这似乎是一种成都的文化，真的很放松。”川菜就更别提了，“我喜欢夫妻肺片、火锅、麻婆豆腐。当然我也喜欢北京烤鸭。”

虽然在中国生活了这么久，但他说最困扰的还是语言，他说自己的汉语“特别特别一般、马马虎虎”，但各地方言他倒是学得挺地道，在地坛公园他学会了京腔“你明儿来吗？”，天津话“狗不理包子、十八街麻花”，更有地道四川话“要得要得”。

问他怎样学中文，他说：“三人行必有我师。”

（实习生吴玺、李晓晶参与采访录音整理）